고리오 영감

일러두기
- 이 책은 Balzac, Honoré de, 『*Le Père Goriot*』(Paris Calmann Lévy, 1910)를 참고했습니다.

Le Père Goriot

고리오 영감

오노레 드 발자크 지음

살림

오노레 드 발자크

프랑스 화가 아쉴 드베리아의 1820년대 작품(20대 중반의 발자크).

「방돔 오라토리오회 기숙학교 Vendôme Oratory School」

발자크는 1799년 태어난 직후부터 유모에게 맡겨져 양육된다. 당시 프랑스의 중산층 이상 가정에서는 이런 일이 일반적이었다. 이 때문에 어머니의 정을 전혀 받지 못하는데, 이 사실은 훗날 그의 작품에 고스란히 반영된다. 10세 때는 방돔에 있는 오라토리오회 기숙학교에 보내져 7년간 지낸다. 이 기간 동안 아버지는 발자크에게 돈을 거의 보내지 않는데, 당시 높이 평가받던 궁핍하고 근면한 윤리관을 추구했기 때문이었다. 이 기숙학교에서 그는 종교, 역사, 문학, 철학, 물리학 등을 공부했다. 하지만 낡은 교육 방식에 적응을 못 해 흔히 처벌방에 갇혀 벌을 받는 힘겨운 생활을 했다. 이후 1816년 소르본대학에 입학해 법률을 공부하고 법률사무소에서 실무를 배웠으나 적성에 맞지 않음을 깨닫고 작가가 되기로 결심한다.

「인쇄업 Buchdruckerei」

폴란드계 독일 화가 겸 판화가 다니엘 호도비에츠키의 1770년경 작품. 발자크는 20대 초인 1820년대 초부터 몇몇 귀족 부인들의 물질적·정신적 후원을 받으며 여러 편의 작품을 익명으로 발표하지만 성공을 거두지 못한다. 그러던 중 1820년대 후반에 이런저런 사업에 뛰어든다. 처음에는 출판업에 손을 대어 몰리에르의 작품 등 프랑스 고전들을 값싼 판본으로 출간하는데, 무참하게 실패해 모두 폐지로 팔려나간다. 그다음으로 인쇄업, 이어서 활자 주조업을 벌이지만 경험과 자금 부족으로 실패를 거듭하고 큰 빚을 진다. 이후 그는 평생 빚쟁이에게 쫓기는데, 하루 16시간씩 작품을 쓰다가 빚쟁이가 들이닥치면 뒷골목으로 도망치곤 했다는 일화는 유명하다.

「외젠 프랑수아 비도크 초상 Eugène François Vidocq portrait」

프랑스 화가 마리 가브리엘 쿠아네의 1830~1840년경 작품. 『고리오 영감』의 주요 등장인물 중 하나인
보트랭의 실존 모델이다. 발자크가 매료된 19세기 프랑스 사회와 삶의 여러 측면 중 하나는 범죄 생활이
었다. 1828~1829년 사이 겨울에, 외젠 프랑수아 비토크라는 사람이 자신이 저지른 범죄 행각을 세세히
전하는 선정적인 회고록을 출간했다. 그는 원래 죄수였다가 경찰의 끄나풀로 변신한 후 범죄수사과장까
지 지냈으나 자신의 지위를 이용해 범죄를 저지르다 파면당한 인물이었다. 발자크는 1834년 4월 비도크
를 만났고, 그를 다음 소설 속에 등장시킬 중요한 캐릭터의 모델로 삼기로 결정했다.

『고리오 영감』 초판본

1835년 출간한 『고리오 영감』 초판본 표제지. 1834년 『고리오 영감』을 쓰기 시작했을 때, 발자크는 이미 1920년대 초부터 여러 편의 작품을 익명으로 출간한 상태였다. 그는 1829년 『올빼미 당원(Les Chouans)』을 출간하면서 처음으로 자신의 본명을 썼다. 이후 1832년까지 몇 편의 작품을 더 발표했는데, 이 무렵 발자크는 자신의 작품들을 『인간희극(La Comédie humaine)』이라는 이름 아래 일종의 총서로 묶어내기 시작했다. 이 일련의 소설들은 19세기 프랑스 사회와 삶의 다양한 측면을 대표하는 몇 가지 테마로 나누어 구성되었다. 『고리오 영감』은 '풍속의 연구'라는 테마 중 다시 '사생활의 장'이라는 하위 범주에 속한다.

고리오 영감 **차례**

제1장 서민 하숙집

보케 부인은 40년째 파리의 뇌브 생트 주느비에브 거리에서 하숙집을 운영하고 있었다. 사람들은 그 하숙집을 '보케 하숙'이라고 불렀다. 한 편의 드라마 같은 이 이야기는 1819년부터 시작된다. 드라마라는 표현을 썼다고 해서 무슨 극적인 이야기를 기대하지는 말기 바란다. 하지만 당신이 파리에 살고 있건 그 바깥에 살고 있건 이 작품을 읽고 나면 아마도 눈물깨나 흘릴 것이다. 다른 이가 겪는 심한 불행에 대해서는 누구나 한 순간 동정심을 느끼기 마련이기 때문이다.

그러나 이 책에서 여러분이 느낀 그런 감정은 후다닥 먹어 치우는 달콤한 과일 맛 같은 것일 뿐이다. 이렇게 바삐 변하며 흘러가는 세상에서, 그런 감정에 오래 젖어 있을 여유가 여러분에게 있을 리 만무하다.

당신은 아마 한가롭게 푹신한 의자에 엉덩이를 파묻고 이 책을 펼쳐 든 채, '이 책 재미있겠는 걸'이라고 중얼거릴지도 모른다. 그리고 고리오 영감의 불행한 이야기를 다 읽은 다음 당신은 곧장 맛있는 저녁을 먹을 것이다. 그러고는 자신의 그런 무심함을 작가 탓으로 돌릴 것이다. '참, 과장도 심하군'이라고 생각하거나 '너무 시적으로 썼어'라고 중얼거리면서 말이다.

하지만 꼭 알아두시라! 이 드라마는 허구도 아니고 소설도 아니다. 모든 것이 사실이다. 너무도 사실적이라서 읽는 이는 이 드라마에서 자기 집, 또는 자기 마음속에서 벌어질 만한 일을 쉽게 찾아볼 수 있을 것이다.

보케 하숙이 자리 잡고 있는 거리는 적막이 감돌 정도로 인적이 드물다. 그리고 무감각한 사람까지도 이상하리만치 서글퍼지게 만든다. 그곳의 집들은 을씨년스럽고 그 벽들은 흡사 감옥의 담장 냄새를 풍긴다. 이곳에 우연히 발을 들여놓은 사람에게는 그저 서민들이 사는 하숙집이나 학교들만 눈에 띌 뿐이며 찌든 가난과 권태만 느낄 수 있을 뿐이다.

하숙집 정면 앞으로는 작은 뜰이 있다. 이 하숙집에 들어서면 1층에서 첫 번째 방을 만나게 된다. 그 방은 출입문 겸용 창문을 통해 드나들게 되어 있는데, 이 하숙집의 응접실에 해당되며 식당과 통하게 되어 있다.

그 응접실 한가운데에는 회색 대리석으로 된 둥근 탁자가 놓여 있다. 그리고 하얀 도자기 찻잔 세트가 그 탁자 위를 꾸미고 있다. 벽에는 페늘롱의 소설 『텔레마코스』의 주요 장면들을 그림으로 묘사한 번드르르한 벽지를 발라놓았고, 칼립소가 오디세우스의 아들 텔레마코스에게 베푸는 향연을 그린 액자가 걸려 있다. 그 외에 벽난로가 눈에 띄고 낡은 괘종시계도 눈길을 끈다.

이 방에서는 뭐라 형언하기 힘든 냄새가 풍긴다. 그냥 '하숙집 냄새'라고 하는 게 가장 적당할 그런 냄새이다. 퀴퀴한 냄새, 곰팡이 냄새, 잔뜩 절은 그런 냄새 말이다. 그 냄새를 맡으면 한기가 스며들고 축축한 기운이 옷 속에까지 은근히 파고든다. 그 냄새 속에는 식당과 부엌 냄새뿐 아니라 이 집에 하숙하고 있는 사람들이 풍기는 독특한 냄새가 함께 뒤섞여 있다. 도무지 제대로 묘사한다는 게 불가능한 그런 냄새!

하지만 그처럼 끔찍한 이 방도 옆에 있는 식당과 비교한다면 이야기가 달라진다. 식당에 비한다면 이 응접실은 살롱의 규방처럼 우아하고 향기로운 방이라는 생각이 들지도 모른다.

식당은 온통 판자로 되어 있으며 그 판자들은 너무 오래전에 칠해서 무슨 색인지 구별도 안 되는 그런 색이다. 그리고 그 위에는 무슨 무늬처럼 덕지덕지 때가 끼어 있다. 끈적끈적한 찬장 위에는 이가 빠지고 더러워진 물병들과 두꺼운 접시 무더기들이 쌓여 있고 구석에는 번호가 매겨진 상자가 있다. 하숙인들은 그 상자에 각자 자신의 냅킨을 보관하는데 냅킨들은 하나같이 음식 찌꺼기로 얼룩져 있거나 포도주가 묻어 있다.

아무리 부수려 해도 더 이싱 부술 수 없는 가구를, 아무 짝에도 쓸모없다는 판정을 받고도 버젓이 살아남아 제 구실을 하는 가구들이 어떤 것인지 궁금하다면 이 식당을 둘러보면 된다. 그 가구들을 일일이 소개하고 묘사하다 보면 이 이야기가 지나치게 늘어질 것이고, 성미 급한 독자는 나를 용서하지 못할 것이다. 그곳에는 시적인 데라고는 전혀 없는 가난이 있었다. 더이를 데 없이 궁핍하고 넝마 같은 가난이 도사리고 있었다. 그 가난은 진흙이 묻지 않았어도 얼룩이 지고, 구멍이나 누더기가 없더라도 곧 썩어 무너질 지경이었다.

이 우중충한 식당은 아침 7시경에 가장 빛을 발한다. 보케 부인이 기르는 고양이가 제일 먼저 찬장 위로 뛰어 올라 접시로 덮어놓은 사발들에 담긴 우유 냄새를 맡고 가르릉 소리를 낸다. 이어서 과부 보케 부인이 모습을 나타낸다. 그녀는 주글주글 주름이 잡힌 슬리퍼를 질질 끌며 걷는다. 그녀의 늙수그레하고 통통한 얼굴 한복판에는 앵무새 부리 같은 코가 불쑥솟아 있고, 몸집은 피둥피둥하다. 꽉 차면서도 헐렁헐렁한 그녀의 상의는 불행이 스멀스멀 새어나오는 이 식당과 기막힌 조화를 이룬다. 보케 부인은 이 방의 후텁지근한 악취를 역겨워하지도 않고 들이마신다. 요컨대 보케 부인이라는 인물 전체가이 하숙집을 있는 그대로 설명해준다고 보면 된다. 이 하숙집은 바로 그녀 자체이다. 간수 없는 감옥이 있을 수 없듯이 보케부인이 없는 '보케 하숙'은 상상도 할 수 없을 정도이다.

쉰 살쯤 먹은 보케 부인은 한눈에도 산전수전 다 겪은 여인의 모습이다. 눈은 흐릿하지만 돈을 좀 더 받을 수 있다면 어떻게 해서라도 기 쓰고 달려들 태세를 갖춘 여자이며, 자기 팔자가 펴질 일이라면 무슨 짓이든 할 수 있는 여자다.

남편 보케 씨는 무엇 하던 사람이었을까? 그녀는 죽은 남편에 대해서는 한마디도 한 적이 없었다. 그저, 남편은 이 집 외에아무것도 남긴 것 없이 죽었고 자기는 겪을 만한 어려움은 다겪은 여자라고 말할 뿐이었다.

이 집에 살지 않고 끼니만 해결하는 사람들은 대개 저녁만 여기서 먹었다. 그들의 한 달 식비는 30프랑이었다. 이 이야기가 시작될 무렵, 이 하숙집에서 잠까지 자는 하숙인은 모두 일곱 명이었다. 이제 그들 이야기를 해보기로 하자.

이 집 2층에는 이 건물에서 가장 좋은 독채 아파트가 둘 있었다. 보케 부인은 그중 허름한 곳에 살고 있었다. 나머지 독채에는 쿠튀르 부인이 살았다. 그녀는 프랑스 공화국 육군 출납관의 부인이었던 과부였다. 그녀는 빅토린 타유페르라는 이름의 젊은 여자와 함께 살고 있었는데, 이 아가씨의 어머니 노릇을 했다. 두 여인의 하숙비는 1년에 1,800프랑이었다.

3층에도 독채가 둘 있었고 그중 한 채에는 푸아레라는 노인이 다른 한 채에는 보트랭이라는 마흔 살쯤 되는 사람이 지내고 있었다. 보트랭은 자신이 옛날에 도매상이었다고 했다.

3층에는 두 독채 외에도 방이 네 칸 있었고 그중 두 칸에 세입자가 들어 있었다. 한 명은 마드무아젤 미쇼노라 불리는 미혼의 노파였고 또 다른 한 방에 바로 고리오 영감이 세 들어 있었다. 고리오 영감은 옛날에 국수, 파스타, 전분 같은 것을 만들어 팔았던 제분업자였다.

다른 두 방은 오다가다 들르는 숙박 손님을 받거나, 마드무아젤 미쇼노나 고리오 영감처럼 한 달에 식비와 집세 합쳐 45프랑밖에 낼 수 없는 가난뱅이 학생들 몫이었다. 보케 부인은 학생들을 그다지 달가워하지 않았다. 그들이 빵을 너무 많이 먹기 때문이었다. 그녀는 더 나은 손님이 없어 어쩔 수 없을 때만 학생들을 받아들였다.

지금 그 두 방 중 하나에 프랑스 남부 앙굴렘 근처 출신으로 파리에 법학 공부를 하러 온 학생 한 명이 묵고 있었다. 청년의 가족들은 해마다 그에게 1,200프랑을 송금하느라 허리띠를 졸라매고 생활할 수밖에 없는 형편이었다. 그의 이름은 외젠 드 라스티냐크였다. 그는 행운을 타고나지 않았기에 공부 외에는 다른 길이 없는 청년들 중의 하나였다. 그의 가족들은 어릴 때부터 그에게 큰 기대를 걸고 있었다. 그는 똑똑한 젊은이였다. 그는 공부를 하면 얻게 될 것을 계산했다. 그리고 사회에서 성공을 거두기 위해 법학을 공부해 출세하겠다고 마음먹었다. 그는 호기심도 많았고 수완도 있었다. 파리의 살롱에서 자신의 모습을 두드러지게 드러낼 수완이 그에게 없었다면 이 이야기가 생생하게 독자 여러분에게 전해질 수 없었을 것이다. 그의 총명함과, 궁금한 것을 밝혀내고야 말겠다는 욕망 덕분에 이 이야기가 생생한 색조를 띠게 된 것이다.

그 3층 바로 위에는 다락방과 지붕 밑 방 두 칸이 있었다. 다락방에는 빨래를 널어 말렸으며 나머지 두 칸에서는 하인 크리스토프와 식모인 뚱보 실비가 잠을 잤다.

보케 하숙에서 먹고 자는 일곱 명 말고도, 여덟 명의 법학도와 의학도, 두세 명의 주민이 이 집에서 저녁을 해결했다. 저녁 식사 때는 스무 명 정도가 이 식당에 모여 식사를 했지만 오선에는 이 집 하숙인 일곱 명만 식당에 모였다. 이들 하숙인 일곱 명은 보케 부인이 돌보는 자녀들과도 같았다. 보케 부인은 천문학자처럼 정확하게 각자의 하숙비 금액에 해당되는 정성과 배려를 그들에게 베풀었다.

여기 묵고 있는 사람들이나 드나드는 사람이나 옷차림은 한결같이 허름했다. 프록코트는 색을 알아볼 수 없을 정도로 낡았고, 신발은 세련된 동네에 사는 사람들이라면 진작 던져버릴 정도로 너덜너덜했다. 여자들의 치마도 낡았으며 오래된 레이스는 여기저기 기운 티가 났다.

비록 차림새는 그랬지만 이 집에 드나드는 사람들은 거의 모두 몸매가 탄탄했다. 그들은 인생의 산전수전을 다 헤쳐온 강인한 사람들이었다. 얼굴은 차갑게 굳어 있고 무뚝뚝했다. 그리고 축 늘어진 입안에는 탐욕스러운 이빨이 무기처럼 감추어져 있었다.

이제 그들을 조금 더 가까이서 살펴보기로 하자.

미혼의 노파 미쇼노는 피곤에 찌든 두 눈 위에, 녹색 천으로 만든 낡은 햇빛 가리개를 두르고 있었다. 그녀의 어깨에 걸친 숄은 마치 해골을 덮고 있는 것 같았다. 그 정도로 그녀는 뼈만 앙상했다. 도대체 어떤 독한 산성 물질이 이 여인에게서 여성의 모습을 삭아버리게 만든 것일까? 그녀도 분명 얼굴도 예쁘고 몸매도 고왔던 적이 있었을 것이다. 그녀는 도대체 무슨 일을 하며 살아온 것일까? 어떤 식으로 젊음을 누렸기에 이제 지나가는 행인도 피할 만큼 추한 노년을 맞이한 것일까? 그녀는 자식들에게 버림받은 어떤 할아버지를 돌봐준 일이 있었다. 그 노인이 죽으면서 그녀에게 연금 1,000프랑을 남겨주었는데, 그 노인의 자식들이 그 연금을 빼앗으려고 자주 시비를 걸어왔다.

푸아레 씨는 살아 있다기보다는 일종의 기계장치 같은 사람이었다. 그가 걷는 모습은 마치 잿빛 그림자가 걷는 것 같았다. 머리에는 낡은 모자를 쓰고 손에는 지팡이를 간신히 들고 있었다. 걸을 때면 두 다리는 마치 술 취한 사람처럼 휘청거렸다.

그는 어떤 시련을 겪었기에 얼굴이 저렇게 쪼글쪼글해질 수밖에 없었을까? 얼굴이 어떻게 사람 얼굴이라고 할 수 없을 만큼 저리 거무죽죽할 수 있을까? 우리는 지독히 불운한 사람이나 추한 사람을 보면 '그래도 저런 사람도 필요할 때가 있지'라고 말하곤 한다. 푸아레 씨는 꼭 그런 사람이었다.

그들과, 그리고 이 하숙에 드나드는 단골들과는 현격하게 대조를 이루는 두 인물이 있다. 그중 한 명이 빅토린 타유페르 양이다. 그녀는 빈혈에라도 걸린 것처럼 얼굴이 창백하고 슬픔과 옹색함에 절어 있었다. 그녀도 남들과 마찬가지로 고통스러운 삶을 살고 있기는 마찬가지였다. 하지만 그녀의 얼굴은 젊음을 고스란히 간직하고 있었고 거동과 음성에는 생기가 있었다. 아직 젊디젊은 이 불행한 아가씨는 마치 자기에게 걸맞지 않은 곳에서 자라 잎들이 누렇게 찌든 작은 나무 같았다. 그녀의 얼굴에는 우아함의 흔적이 남아 있었다. 그녀가 행복했다면 아마 매혹적인 여자였을 것이다. 몸치장이 여자들을 장식해준다면 행복은 여자들을 시로 만들어준다. 그녀에게는 그 둘 다 없었다. 옷도 없었고 연애편지도 없었다. 여자를 다시 한번 태어나게 만드는 그 두 요소만 있었다면 그녀는 손꼽히는 미인이었을 것이다.

무슨 이유에서인지 백만장자인 그녀의 아버지는 그녀를 따돌리고 1년에 겨우 600프랑을 보냈다. 그리고 딸 몫까지 빼앗아 전 재산을 아들에게 물려주었다.

그녀와 함께 사는 쿠튀르 부인은 빅토린의 어머니와 먼 친척 간이었다. 무슨 사연인지 빅토린의 어머니가 쿠튀르 부인 집에서 지내다가 죽었고 고아처럼 된 빅토린을 자기 자식처럼 돌봐주었다. 그녀는 집도 절도 없는 것과 다름없는 이 가여운 소녀를 세상 풍파 속에 그냥 내버려둘 수 없었다. 착한 쿠튀르 부인은 처녀를 일요일마다 미사에 데리고 다니고 2주일에 한 번씩 고해성사를 하게 해서 신앙심 깊은 처녀로 만들었다. 마음 착한 처녀는 아버지와 오빠를 원망하지 않고 오히려 그들을 위해서 기도했다. 하지만 그녀가 집으로 찾아가도 아버지는 여전히 완강하게 문을 닫고 있었고 오빠는 지난 4년 동안 단 한번도 그녀를 보러 오지 않았다.

이제 외젠 드 라스티냐크로 눈길을 돌려보자. 그는 남부 지방 사람다운 얼굴에 피부가 하얗고 검은 머리칼에 파란 눈을 한 청년이었다. 풍모며 행동거지를 보면 귀한 집 자식처럼 보이기도 했다. 그는 옷을 무척 아껴 입었고 평소에는 옷이 해질 때까지 입곤 했지만, 그래도 가끔은 제대로 된 멋쟁이 옷을 차려입고 외출하기도 했다.

마흔 살 넘은 남자 보트랭은 남들로부터 '거 참 기운이 넘치는 사람이로군'이라는 찬탄을 들을 만한 인물이었다. 어깨가 떡 벌어지고 근육질이었으며 두 손은 두툼했다. 얼핏 보면 냉혹한 사람처럼 보이기도 했지만 부드럽고 싹싹한 태도를 보면 그렇지 않은 것 같기도 했다. 그는 친절한데다 늘 웃음을 띠고 있었다. 게다가 두루두루 모르는 것도 없었으며 손재주가 좋아서 자물쇠 같은 것이 고장 나면 손쉽게 고칠 줄도 알았다. 그는 겉으로는 호인 같았지만 깊고 단호한 시선으로 사람들을 두렵게 만들기도 했다.

그는 늘 점심 먹고 외출했다가 저녁 먹으러 들어왔으며 다시 내내 밖에서 지내다가 자정 무렵이면 돌아와 보케 부인이 맡긴 만능열쇠로 문을 열고 집으로 들어왔다. 그만이 이 집에서 그런 혜택을 누리고 있었다. 그는 과부 보케 부인과 절친해서 그녀의 허리를 껴안으며 '엄마'라고 부르기도 했다. 사실 그녀의 뚱뚱한 허리를 껴안을 만큼 팔이 긴 사람은 오직 보트랭뿐이었다. 그는 주변 사람들에게 일어나는 일들은 대개 알거나 짐작하고 있었지만 정작 그가 어떤 사람인지는 아무도 몰랐다. 그저 그에게는 애써 숨겨놓은 어떤 비밀이 있으리라고 다들 짐작할 뿐이었다.

어쨌든 이곳 하숙인들은 서로에 대해 무관심과 경계심이 뒤

섞인 감정을 갖고 있었다. 자신에게 타인의 고통을 달래줄 능력이 없다는 것을 스스로 잘 알고 있었기 때문이다. 그리고 서로 간의 불행에 대해서는 이미 이야기를 나눌 만큼 나눈 사이였으니 더 이상 할 이야기도 없었다. 그저 기계적인 관계, 기름칠하지 않은 톱니바퀴 같은 행동들만 각각 유지하고 있을 뿐이었다. 그들은 주변 사람이 아무리 끔찍한 일을 겪어도 그저 무덤덤하게 넘겨버릴 사람들이었다.

이 한심한 사람들 가운데 그래도 행복한 사람이 있었다면 그것은 바로 보케 부인이었다. 그녀는 이 양로원 같은 하숙집을 마음대로 휘젓고 다닐 수 있는 유일한 사람이었다. 이 형편없이 삭막한 작은 정원도 오직 그녀에게만은 경치가 좋은 숲과 같았고 음산하기 그지없는 이 집도 그녀에게는 더없이 감미로운 곳이었다. 이곳의 감옥 같은 방들은 바로 그녀 것이었다. 그녀는 무기징역을 선고받은 이 죄수들을 먹여 살리면서 그들로부터 존경을 받았고 그들에게 권위를 휘둘렀다.

이들 죄수 같은 사람들 중에서도 천덕꾸러기는 있기 마련이었다. 보케 하숙에 들어온 지 2년이 되어가는 외젠 드 라스티냐크의 눈에 그중 두드러지는 '왕따'가 바로 왕년의 국수 제조업자 고리오 영감이었다. 이 집의 최고참 하숙인인 그를 사람들이 멸시하고 따돌리는 것은 무슨 이유에서일까? 인간에게는 겸손한 사람, 무슨 일을 당하건 참아내는 사람, 자기보다 약해 보이는 사람을 괴롭히는 본성이 있기 때문일까?

예순아홉 살 먹은 고리오 영감은 1813년에, 하던 사업을 그만둔 후 이 하숙집에 들어와 살게 되었다. 처음에는 지금 쿠튀르 부인이 쓰고 있는 독채를 쓰면서 하숙비로 연 1,200프랑을 냈다. 그 당시 영감에게는 하숙비 100프랑을 더 내거나 덜 내는 건 별로 대수롭지 않았다. 보케 부인은 적당히 방을 장식한 후 턱없이 많은 돈을 그에게서 받아냈다. 깐깐히 따지지 않고 선선히 그 돈을 지불하는 영감(당시 보케 부인은 그를 선생이라고 정중하게 불렀다)이 보케 부인에게는 세상 물정 모르는 멍청이로 보였음에 틀림없다.

처음 고리오 영감이 이 하숙에 들었을 때, 그는 멋진 옷들이 그득 담긴 옷장을 갖고 왔다. 보케 부인은 옷장에 걸린 고급 셔츠 열여덟 벌을 보고 감탄했다. 그는 셔츠를 입을 때면 큰 다이아몬드가 박힌 장식 핀을 가슴 장식 위에 꽂아 셔츠의 고운 색깔을 더욱 돋보이게 했다. 게다가 허리에는 무거운 금 시곗줄이 건들거렸다. 그의 담뱃갑도 금으로 된 것이었다. 그 뿐이 아니었다. 그가 가져온 장식장 안에는 은 식기들이 가득 차 있었다. 영감을 도와 국자며 수저, 식기 세트, 기름병, 소스 그릇, 접시, 식기를 정리하면서 보케 부인은 두 눈을 반짝 빛냈다.

고리오 영감이 하숙인으로 들어오던 날 밤 보케 부인은 잠자리에 들면서 몸이 달아올랐다. '이제 그만 죽은 남편 보케 씨의 상복과 작별하고 고리오 부인으로 다시 태어나봐? 하숙집을 팔아버린 후 이 부르주아 영감과 팔짱을 끼고 다니며 지역 유지 노릇을 해봐? 동네 불우 이웃을 위한 의연금이나 모금하고 파리 근교로 야유회나 다니면 얼마나 좋겠어?'

그녀는 파리 소시민 가정의 이상향을 그대로 꿈꾸었다. 그녀는 푼푼이 모은 돈 4만 프랑이 자기에게 있다는 이야기는 아무에게도 하지 않았다. 그 재산만 해도 자신이 눈독 들일 만한 여자라고 그녀는 생각하고 있었다.

그러나 그것은 그녀만의 생각일 뿐이었다. 아무리 고리오 영감에게 집적거려보아도, 속을 드러내 보여도 소용이 없었다. 그리고 영감에게서 아무것도 얻어내지 못하리라는 것을 금방 눈치챘다. 그러자 그녀는 이제까지 보여주었던 애정보다 훨씬 심한 미움을 고리오 영감에게 쏟아냈다. 물론 사랑에 반비례해서 미움이 커진 것은 아니었다. 배신당한 자기 희망이 컸기에 미움이 그만큼 커진 것이다. 그녀는 소갈머리 없는 사람이 늘 그렇듯이 아주 옹졸한 행동을 통해 자신의 감정을 충족시켰다. 그녀는 자기가 품은 앙심을 피해자를 겨냥해 소리 없는 박해를 가하는 데 써먹은 것이다.

그녀는 고리오 영감에 대해 험담을 늘어놓기 시작했다. 그리하여 다른 하숙인들도 자기처럼 그를 미워하게 만들었다. 다른 하숙인들은 순전히 재미삼아 그녀의 복수작전에 동조했다. 게다가 고리오 영감의 외식 횟수가 눈에 띄게 줄어들기 시작했다. 여기 들어온 첫해에는 1주일에 한두 번은 외식을 하던 영감이었다. 보케 부인은 그의 재산이 줄어들고 있기 때문이라는 생각과 함께 자기를 괴롭히기 위해 그러는 것이라는 생각도 했다. 속 좁은 사람들이 공통적으로 지니고 있는 못된 습성 중 하나는 다른 사람도 자기처럼 옹졸하다고 생각한다는 것이다.

그런 와중에 영감을 두고 이러쿵저러쿵 떠들어대던 소리들이 힘을 받을 만한 일이 벌어졌다. 하숙 든 지 만 2년이 다 되어갈 무렵, 고리오 씨가 3층으로 이사해서 하숙비를 900프랑으로 줄게 해달라고 보케 부인에게 부탁을 한 것이다. 그때부터 그녀는 그를 고리오 씨 대신 고리오 영감이라고 불렀다. 그녀에게는, 그토록 존중받던 부르주아 사업가가 이제 거지가 된 셈이었다. 그녀는 그가 아주 질이 나쁜 사업을 하고 있다고 떠벌였다. 하숙집 사람들은 그녀에게 동조하여 그를 악덕과 무능이 빚어낸 형편없는 인물로 만들고 있었다.

하지만 그는 사람들에게 혐오감을 자아내서 쫓겨날 정도의 사람은 아니었다. 그는 하숙비를 꼬박꼬박 잘 냈을 뿐 아니라 쓸모도 있었다. 누구나 그에게 농담을 하거나 그를 두고 심한 소리를 하여 스트레스를 해소할 수 있었기 때문이었다. 그에 대한 이런저런 이야기 중 가장 그럴싸해 보이고 누구나 동조하는 견해가 있었다. 겉보기에는 건전해 보이는 그 사람이 실은 아주 야릇한 취향을 지닌 바람둥이라는 것이다. 그 의견을 낸 사람은 바로 보케 부인이었다. 그리고 보케 부인에게는 나름대로 근거가 있었다.

어느 날 아침, 뚱보 실비가 보케 부인에게 달려왔다. 여신처럼 차려입은 너무 예쁜 여자 하나가 들어서더니 고리오 씨가 어디 사느냐고 물어봤다는 것이었다. 보케 부인과 식모는 고리오 영감 방에 귀를 기울이기 시작했다. 방에서는 여인의 부드러운 말소리가 들렸다. 고리오 씨가 그 여자를 문간까지 배웅하러 나가자 뚱보 실비는 장바구니를 들고 장에 가는 척하며 이 한 쌍의 연인들 뒤를 쫓았다. 그러더니 돌아와 보케 부인에게 보고했다.

"아주머니, 고리오 씨는 엄청 부자인가봐요. 여자한테 저렇게 돈을 쓰다니요. 길가에 멋진 마차가 서 있고 그 여자가 거기 올라타던 걸요."

식사하는 동안 보케 부인은 커튼을 치면서 고리오 영감에게 넌지시 말했다.

"고리오 씨, 미인들 사랑을 받고 계시나봐요. 정말 예쁘던데요."

그러자 영감이 뽐내듯이 말했다.

"그 앤 내 딸이오."

하숙인들은 체통을 지키려고 둘러대려면 좀 제대로 둘러대야지, 그런 말도 안 되는 소리가 어디 있냐며 혀를 끌끌 찼다.

그런 후 얼마 뒤 이번에는 또 다른 여자가 찾아왔다. 이번 여자는 무도회 차림이었다. 응접실에서 수다를 떨던 하숙인들이 모두 그녀를 보았다. 며칠 뒤에는 처음에 왔던 여자가 다른 복장으로 또 찾아왔다. 보케 부인과 실비는 그녀가 전혀 다른 여자처럼 보였다. 두 번째 여자가 처음과 다른 복장으로 찾아오자 보케 부인은 실비에게 "저런, 네 번째 여자네"라고 말했다.

그때는 고리오 영감이 아직 하숙비 1,200프랑을 내고 있을 때였다. '돈 많은 남자가 정부를 네댓 명 정도 두는 건 당연한 일이지'라고 보케 부인은 생각했다. 그러고는 '그 여자들을 딸이라고 둘러대다니 참 수완도 좋은 사람이야'라고 속으로 중얼거렸다. 하지만 고리오 영감이 하숙비를 900프랑으로 줄일 수밖에 없는 신세가 되자 태도가 싹 바뀌었다. 그녀는 여자들 중하나가 영감을 찾아오고 간 뒤 고리오 영감에게 이 집을 대체뭐로 보느냐고 따졌다. 영감은 그 애가 자기 맏딸이라고 대답했다.

"그럼 영감님은 딸을 서른 명쯤 두신 거네요."

보케 부인이 날카롭게 지적했다.

영감은 그저 유순한 말투로 "둘뿐이라오"라고 대꾸했을 뿐이었다.

3년째 되는 해 연말에 영감은 숙소를 4층으로 옮겼다. 그리고 하숙비를 다달이 45프랑씩 내며 살았다. 그는 담배를 끊었고 가발을 손질해주던 이발사도 더 이상 부르지 않았고, 머리염색도 하지 않았다. 남모를 불행에 나날이 초라해가는 그의행색은 이 집 식탁에 둘러앉은 모든 이들 중에서 가장 처량해보였다. 그가 늙은 나이까지 바람둥이로 살다가, 재산도 탕진하고 몸도 망쳐가고 있다는 것을 아무도 의심하지 않았다.

고리오 영감이 입는 옷은 점점 허름해졌다. 다이아몬드 상자, 금으로 된 담배상자, 시곗줄, 보석 들이 하나둘 사라졌다.
그는 차츰차츰 살이 빠졌고 장딴지도 홀쭉해졌고 통통했던 얼
굴도 말할 수 없이 갸름해졌다. 이마에는 주글주글 주름이 잡
혔고 턱뼈 모양이 그대로 드러났다. 69세이면서도 채 마흔이
안 돼 보이던 이 사람 좋은 제면업자, 한량 같은 미소로 사람들
을 즐겁게 했던 이 부르주아는 이제 기운 없이 얼빠진 칠순 노
인네가 되어버린 것이다. 그는 사람들이 이것저것 물어도 대답
을 안 했다. 사람들은 드디어 그가 백치 상태에 들어갔나고 수
군댔다.

외젠 드 라스티냐크는 방학을 맞아 고향에 갔다 온 후 야망
이 더 커졌다. 처음 구경한 파리 생활과 자신의 고향을 비교하
게 되면서 세상을 제대로 보게 되었다는 말이다. 그의 부모와
두 형제, 두 자매, 그리고 연금으로 살아가는 고모는 얼마 안 되
는 땅뙈기에 의지해 살고 있었다. 그 땅에서 그의 가족들은 연
3,000프랑 정도의 수입을 올렸다. 하지만 포도밭의 수확량에
따라 수입은 들쭉날쭉했다. 그런 형편에 외젠의 유학비로 매년
1,200프랑을 따로 떼어내야만 했다.

파리 생활을 하기 전에는 외젠에게 가족의 모습이 절망적으
로 보인 적이 없었다. 어린 시절 누이들은 그렇게도 예뻐 보였

다. 그러나 파리 경험을 한 후 그의 눈이 뜨였다. 그는 파리 여인들에게서 자신이 꿈꾸어오던 아름다움을 발견했다. 누이들은 초라해 보일 수밖에 없었다. 자기를 버팀목으로 삼고 모든 것을 거기에 걸고 있는 가족의 미래가 너무 불확실했다. 참으로 보잘것없는 소출에 기대어 빠듯하게 살아가는 가족의 상황이 너무 비참했다. 고향을 다녀온 후 그는 출세욕에 불탔다. 출세 정도가 아니라 정말로 남다른 사람이 되고야 말겠다고 굳게 결심했다.

하지만 그는 역시 남부 사람다웠다. 실행 단계가 되면 언제나 망설이며 흔들리는 게 남부 사람의 기질이다. 그는 우선은 물불 안 가리고 공부에 몰두해야 한다고 스스로 다짐하면서도, 출세를 하려면 사회생활에도 눈을 떠야 할 필요성도 동시에 느꼈다. 그래서 망설였다.

그는 파리에서 여자들이 사회생활에 큰 영향을 미친다는 사실에 주목했다. '출세를 하려면 사교계로 진출해서 나를 보호해줄 여자를 찾아야 해'라고 그는 생각했다. 다행히 그의 고모 마르시야크 부인은 한때 궁정에도 드나들던 인물이어서 귀족 고위층을 많이 알고 있었다. 그는 가까이 지낼 수 있는 귀족 친척들이 아직 있는지 고모에게 물어보았다. 고모는 집안 족보를 있는 대로 다 들추어내더니 보세앙 자작 부인을 찾아냈다. 고모는 자작 부인에게 보낼 편지를 써서 외젠에게 주면서 만약 자작 부인과 이야기가 잘 되면 그녀가 또 다른 사람들을 그에게 소개해줄 수도 있을 거라고 말했다. 파리에 올라온 며칠 뒤 라스티냐크는 고모의 편지를 보세앙 부인에게 보냈다. 자작 부인의 답신이 왔다. 다음 날 있을 무도회에 라스티냐크를 초대한다는 내용이었다. 때는 1819년 11월 말경이었다.

다음 날 외젠은 보세앙 자작 부인의 무도회에 갔다가 새벽 2시쯤 돌아왔다. 그는 성실한 학생이었다. 그는 낭비한 시간을 만회하기 위해 아침까지 공부하기로 다짐했다. 그리고 법률 책을 꺼내들었다. 그러나 책에 몰두하기에 앞서 얼마간 생각에 잠겼다.

그는 보세앙 자작 부인에게서 파리 사교계 여왕의 모습을 보았다. 그녀의 저택은 생제르맹 일대에서 가장 인기 있는 집으로 통했다. 그녀는 명성으로 보나 재산으로 보나 귀족 사회 최고 명사 중 한 명이었다. 마르시야크 고모 덕분에 라스티냐크는 이 집에서 융숭한 대접을 받았다. 그는 파리에서 가장 배타적인 사교계에 얼굴을 내밀었으니 이제 어디든 갈 수 있는 권리를 획득한 셈이라고 해도 좋았다.

라스티냐크에게 무도회는 여신들의 대향연이었다. 그곳에서 라스티냐크는 젊은이라면 당장 반해버릴 만한 한 여성을 발견했다. 아나스타지 드 레스토 백작 부인이었다. 그녀는 키도 크고 몸매도 좋아서 파리에서 가장 맵시 좋은 여자의 하나로 꼽히고 있었다. 커다란 검은 눈, 섬섬옥수, 정열적인 몸짓 등 시쳇말로 '순수 혈통의 말'이라고 부를 만했다.

레스토 백작 부인은 라스티냐크에게는 거의 이상형의 여인이었다. 그는 그녀의 부채에 적힌 파트너 명단에 자신의 이름을 끼워 넣는 수완을 발휘했다. 그는 그녀와 카드릴 춤을 추면서 그녀와 이야기를 나누었다.

그는 여자들이라면 누구나 좋아할 만한, 열정이 담긴 목소리로 느닷없이 물었다.

"앞으로 어디서 뵐 수 있을까요? 부인?"

"어디서든지요. 불로뉴 숲이건 오페라 극장이건……. 아니면 우리 집에서도 좋고."

라스티냐크는 적극적으로 그녀에게 달라붙었다. 그는 자기를 보세앙 부인의 친척이라고 소개했고 마침내 그녀의 초대를 받아내는 데 성공했다. 그녀의 집에 드나들 수 있게 된 것이다. 그는 그녀가 엘데르 거리에 산다는 것도 알아내는 데 성공했다.

나는 젊다. 세상에 대해 목말라 있다. 여자에 굶주렸다. 그런데 이 두 저택의 문이 나에게 열렸다. 쇼세당탱 구역의 레스토 백작 부인 집에 무릎을 굽힌 채 생제르맹 구역의 보세앙 자작 부인 집에 발을 들여놓자!

그는 가난에 찌든 냄새가 폴폴 나는 토탄 난로 옆에서 법전과 씨름하며 그런 생각을 하고 있었다. 그는 그가 만난 지고지순의 여인을 통해 앞날을 설계하고 성공으로 가득 찬 미래를 상상했다. 그는 상상의 나래를 펴며 레스토 부인 곁에 있는 자신의 모습을 그려보았다.

그가 잠시 밖으로 나왔다. 고리오 영감 방문 밑으로 불빛이 새어나오는 것이 보였다. 이 한밤중에 왜 불이 켜져 있지? 영감 몸이 어디가 불편한가? 그는 열쇠 구멍에 대고 들여다보았다. 그러자 무언가에 몰두해 있는 영감의 모습이 보였다. 흡사 범죄자 같았다. 자기 명색이 법학도 아닌가? 범죄를 저지르고 있다면 고발해서 사회에 도움을 주어야지. 그는 열심히 집중해서 방 안을 살펴보았다.

고리오 영감은 탁자 위에 은 접시와 수프 그릇을 올려놓고 이 화려한 그릇들을 밧줄로 칭칭 감고 있었다. 어찌나 힘껏 조여 대는지 은그릇들을 마치 밀가루 반죽 덩어리처럼 만들려는 것 같았다.

'저게 무슨 짓이지? 저 영감은 정말 도둑인가? 아니면 장물 아비?'

라스티냐크는 혼잣말을 했다. 다시 자세히 보니 영감은 은그릇들을 묶었던 밧줄을 풀고 은 덩어리들을 둘둘 굴려 둥근 몽둥이 모양으로 만들었다. 그는 그 작업을 놀랍도록 수월하게 해냈다.

'도대체 저 영감 어디서 저런 힘이 나오는 것일까?'

라스티냐크는 놀라서 속으로 중얼거렸다. 고리오 영감은 슬픈 눈으로 그 은덩어리들을 바라보고 있었다. 두 눈에서 눈물이 흘러나왔다. 영감은 "가여운 것!"이라고 큰 소리로 말하더니 촛불을 훅 불어서 껐다. 그 목소리에 하도 깊은 애정이 담겨 있어서 라스티냐크는 공연히 이 일에 대해 떠벌리지 말자, 공연히 영감을 죄인으로 몰지 말자고 생각하게 되었다.

다시 방으로 들어온 그는 공부를 하려고 책을 펼쳐 들었다. 하지만 고리오 영감에 대한 생각이 방해를 한데다 레스토 부인의 모습이 화려한 운명의 전도사처럼 눈앞에 어른거리는 바람에 집중이 안 되고 산만해졌다. 그는 이내 자리에 누워 잠에 빠져들었다. 젊은이들이 열흘 밤을 꼬박 공부에 바치자고 결심한다면, 그중 7일 밤은 잠을 자느라 보내버리는 법이다. 밤을 새워 공부하려면 스무 살은 훨씬 넘겨야 한다.

다음 날 아침 짙은 안개가 파리를 온통 뒤덮었다. 도시 전체를 온통 흐릿하게 만들어버리는 바람에 평소 누구보다 정확한 사람들도 시간을 착각했다. 사업상 약속들도 여지없이 깨졌다. 보케 하숙이라고 해서 예외는 아니었다. 아침 9시 반이 되었는데도 보케 부인은 아직 침대에서 꼼짝 않고 있었다. 그녀가 1층으로 내려가니 보트랭이 걸걸한 목소리로 노래를 부르며 응접실로 들어왔다.

그는 보케 부인을 보더니 능글맞게도 부인을 두 팔로 감싸 안았다. '아유, 그만 좀 해요'라며 몸을 빼내는 시늉을 하는 부인에게 보트랭이 말했다.

"제가 방금 이상한 걸 보았지요."

"뭔데요?"

목소리에 궁금증을 담아 보케 부인이 물었다.

"내가 일찍 나갔었는데, 고리오 영감이 8시 반에 도핀 거리에 있더군요. 중고 금은 장식품을 사들이는 상점이었어요. 영감이 꽤 큰돈을 받고 도금한 은 식기들을 팔더군요. 그러고는 곱세크라는 고리대금업자 집으로 들어가더군요."

보케 부인이 "정말이요?"라며 맞장구를 치는 순간 고리오 영감이 들어오는 게 보였다. 영감은 응접실로 들어서자마자 하인 크리스토프에게 함께 자기 방으로 올라가자고 말했다. 크리스토프는 영감 뒤를 따라 올라갔다가 곧바로 내려왔다. 그의 손에는 편지 한 장이 들려 있었다.

밖으로 나가려던 크리스토프의 손에서 보트랭이 편지를 낚아챘다. 거기에는 이렇게 쓰여 있었다.

"아나스타지 드 레스토 백작 부인 귀하"

안을 슬쩍 들여다보니 약속어음이 들어 있었다. 보트랭이 비웃듯 말했다.

"쳇, 주제에 여자를 후릴 줄 아는군. 늙은 주제에 젊은 놈 흉내를 낸단 말이야. 자, 어서 가봐. 녀석, 팁깨나 두둑이 받겠구나."

크리스토프는 후다닥 밖으로 나갔다.

이윽고 아침 식사 준비가 되었다. 보케 부인은 난로에 불을 피웠고 보트랭은 콧노래를 흥얼거리며 그녀를 도왔다. 곧 이어 쿠튀르 부인과 타유페르 양이 들어왔다. 그러자 보케 부인이 쿠튀르 부인에게 물었다.

"아유, 이렇게 아침 일찍 어딜 다녀오시는 거예요?"

"성당에 가서 기도하고 오는 길이에요. 오늘 우리가 타유페르 씨 집에 가기로 한 날이거든요. 그런데 저 애는 무서워서 저렇게 떨고만 있으니……."

보트랭이 의자 하나를 처녀 앞으로 밀어주면서 말했다.

"아버지 마음 좀 풀어달라고 하느님께 기도하는 건 좋아요, 아가씨. 그렇다고 그걸로 다 되는 건 아니지. 누군가 아버지를 만나서 잘 구슬리지 않으면 안 돼요. 사람들 말로는 아버지 수중에 300만 프랑이 있다고 하더군요. 그런데 당신에게는 지참금조차 주지 않으려 하다니……."

그러자 쿠튀르 부인이 말했다.

"그 사람한테 돌아가신 부인이 마지막으로 남긴 편지만 전할 수 있어도 좋겠어요. 우편으로는 보내봤자 소용이 없어요. 그 사람이 내 글씨체를 알고 있으니 보지도 않고 불에 던져버리겠지요."

"오, 죄 없이 박해받는 여인들이여! 내가 며칠 안에 당신들 일에 끼어들어 도와드리지요. 그러면 다 잘 풀릴 겁니다"라고 보트랭이 말했다.

그러자 빅토린이 눈을 빛내며 말했다.

"오, 선생님! 저희 아버지를 만나게 되신다면 제게는 아버지의 애정이 이 세상 그 무엇보다 소중하다고 꼭 말씀해주세요.

선생님께서 아버지의 마음을 조금이라도 풀어주실 수만 있다면……. 정말 그 은혜는 잊지 않을 거예요. 선생님을 위해 하느님께 기도할 거예요."

바로 이때 고리오 영감과 미쇼노 양과 푸아레가 식당으로 내려왔다. 곧이어 외젠이 내려와 고리오 영감 옆에 합석했고 시계가 10시를 쳤다.

외젠이 양고기를 듬뿍 덜고 빵을 한 조각 썰면서 말했다.

"정말 희한한 일이 다 있네요."

"희한한 일이라니요?"

푸아레가 물었다.

"무슨 일인지 어서 말해봐요."

푸케 부인의 말이었다.

"어제 제가 보세앙 자작 부인 댁 무도회에 갔었어요. 제 친척이지요. 정말 멋진 연회였어요. 저는 무도회에서 정말 아름다운 여자 분과 춤을 추었어요. 정말 황홀한 분이었어요. 말로는 여러분에게 그려줄 수 없어요. 그런데 오늘 아침 9시에 저 앞길에서 그 여신 같은 백작 부인을 만난 겁니다. 정말 가슴이 쾅쾅 뛰더군요."

그러자 보트랭이 외젠을 의미심장하게 바라보며 말했다.

"그녀가 이곳에 왔다? 아마 고리대금업자 곱세크 영감에게 가는 길이었을 겁니다. 당신이 본 그 백작 부인은 엘데르 거리에 사는 아나스타지 드 레스토이지요?"

보트랭의 입에서 그 이름이 나오자 대학생은 보트랭을 뚫어지게 바라보았다. 그때 고리오 영감이 갑자기 고개를 들더니 근심어린 표정으로 두 사람을 바라보며 말했다.

"크리스토프가 제시간에 맞춰서 가질 못한 거로군. 그 애가 먼저 나간 거야."

그러더니 영감이 눈을 빛내며 외젠에게 물었다.

"그러니까 그 애가 어제 아주 예뻤다는 말인가?"

"어머, 저 늙은 욕심쟁이 좀 봐. 저 눈이 반짝거리는 걸 좀봐." 보케 부인이 보트랭에게 속삭였다.

외젠이 말했다.

"그럼요, 정말 정신 못 차릴 정도로 아름다웠지요. 보세앙 부인만 아니라면 그녀가 무도회의 여왕이 되었을 겁니다."

고리오 영감의 얼굴이 환하게 밝아졌다. 그때 쿠튀르 부인이 일어나며 타유페르 양에게 일어나라는 몸짓을 했다. 두 여자가 나가자 고리오 영감도 그들을 따라 식당에서 나갔다. 보케 부인이 보트랭과 다른 하숙인들에게 말했다.

"방금 저 영감 표정 봤지요? 그 여자 때문에 파산한 게 분명 해요."

그러자 대학생이 소리쳤다.

"그 아름다운 레스토 백작 부인이 고리오 영감의 여자라고 요? 절대로 믿을 수 없어요!"

그러자 보트랭이 그의 말을 가로막으며 말했다.

"자네보고 억지로 믿으라는 거 아냐. 다만 자네는 아직 젊어 서 파리를 잘 모른다는 이야기는 해주고 싶군. 조금만 더 지나 면, 소위 '정열의 먹이가 된 자들'을 무수히 만나게 될 걸세. 저 고리오 영감을 보게. 정열을 빼면 그는 그저 짐승이야. 그 짐승 이 일단 그녀 이야기만 나오면 눈이 보석처럼 반짝이지. 영감 이 오늘 아침 은 식기들을 팔고 고리대금업자에게 들어가는 걸 내가 봤어. 그리고 어음을 백작 부인에게 보내라고 크리스토프 에게 심부름을 시켰어. 그런데 레스토 백작 부인이 나타난 거 야. 너무 급했던 모양이지. 아무튼 뻔하지 않은가? 고리오 영감 이 기둥서방답게 급한 돈을 갚아준 거야."

"당신 말을 들으니 더 궁금해서 미치겠어요. 내일 레스토 백 작 부인 집에 가봐야겠어요"라고 외젠이 말했다.

"그래, 가보게. 고리오 영감이 준 것만큼 되돌려 받으려고 이미 와 있을걸."

"당신 말대로라면 파리는 정말 시궁창이네요." 말을 마친 외젠은 자기 방으로 올라갔다.

오후 4시쯤 고리오 영감이 집으로 돌아왔다. 쿠튀르 부인은 보케 부인에게 타유페르 씨를 찾아갔다가 낭패를 본 이야기를 하고 있었다. 빅토린의 눈은 울어서 빨갛게 되어 있었다.

"정말 너무했어요. 빅토린에게 앉으라는 말도 안 하더군요. 그러더니 집에까지 찾아오면야 첫수고리고 말하디고요. 빅도린 어머니가 시집올 때 무일푼이었으니 저 애에게 한 푼도 줄 수 없다고 딱 잘라 말했어요. 거짓말이에요. 지참금을 얼마나 가져갔는데. 빅토린이 눈물을 쏟으며 제발 어머니가 돌아가시면서 남긴 유서를 읽어달라고 용기를 내어 말했어요. 그리고 유서를 그에게 주었지요. 그런데 그 끔찍한 인간이 어떻게 했는지 아세요? 손톱을 다듬고 있던 그 인간은, 가엾은 타유페르 부인이 눈물로 쓴 그 편지를 그냥 난로에 던져버렸어요. 그러고는 딸에게 그만 가보라고 하더군요. 그때 그 인간의 멍청이 같은 아들이 들어왔는데, 자기 누이에게 인사도 안 하더군요. 그러더니 둘이 볼일이 있다며 그냥 나가버렸어요."

그녀의 말을 듣고 있던 고리오 영감이 탄식했다.

"어허, 무슨 그런 괴물 같은 사람이! 자기 딸에게 어떻게 그
런 짓을."

 다음 날 오후 3시쯤, 라스티냐크는 한껏 멋지게 차려입고 레
스토 부인 집으로 갔다. 부인 집으로 가는 동안 그는 모든 젊은
이들이 그렇듯이 잔뜩 부푼 감정에 사로잡혀 자기 삶을 아름다
운 희망으로 채색한 채 붕 떠 있었다. 그럴 때면 젊은이들은 자
기 앞에 놓인 장애나 위험은 전혀 계산에 넣지도 않는다. 매사
에 성공만을 상상하며 자기 존재를 시적으로 만든다. 그리고
자신의 욕망 속에서나 존재했던 그 계획이 수포로 돌아가면 불
행해지고 슬퍼한다. 외젠은 속으로 사랑고백을 어떤 식으로 해
야 할지 생각하며 마음의 준비를 단단히 했고, 아름다운 문장
들을 머릿속에 반복해서 만들었다 지웠다 했다.
 마침내 그는 엘데르 거리에 도착해 레스토 백작 부인 집안으
로 들어섰다. 그는 집 안뜰을 가로질러 걸어갔다. 마차 멈추는
소리도 없이 나타난 그를 사람들이 흘끗흘끗 바라보는 것을 느
낄 수 있었다. 경멸의 눈길이었다. 그는 언젠가는 자신이 승리
하리라는 확신에 차서, 그 눈길을 차가운 분노로 맞받았다.
 그는 하인에게 자신이 찾아왔음을 부인에게 전하라고 한 후

응접실 입구에서 기다렸다. 잠시 후 하인이 돌아와 말했다.

"손님, 부인께선 무척 바쁘십니다. 제게 아무 대답도 없으셨습니다. 하지만 원하신다면 살롱에서 기다리십시오. 거기 손님들이 몇 분 와 계십니다."

그는 하인의 안내로 살롱으로 향하는 복도를 걸어갔다. 그때 불 켜진 긴 복도 끝의 문이 열렸다. 외젠의 귀에 레스토 부인의 목소리와 고리오 영감의 목소리가 들리더니 이어서 작별 인사로 볼에 입맞춤 하는 소리가 들렸다. 살롱으로 들어가니 뜰을 향해 창문이 나 있었다. 외젠은 정말 고리오 영감이 맞는지 확인하고 싶어 창문을 통해 밖을 내다보았다. 고리오 영감이 틀림없었다.

그때 등 뒤에서 백작 부인의 목소리가 들렸다.

"아! 막심. 너무 기다리게 해서 죄송해요."

그제야 외젠은 자기 곁에 한 젊은 남자가 있는 것을 알아차렸다. 고리오 영감에게 너무 주의를 기울이다보니 곁에 사람이 있는 것도 모르고 있었던 것이다.

외젠은 고개를 돌렸다. 분홍색 매듭이 있는 하얀 캐시미어로 지은 화장복을 교태 있게 걸치고 머리를 대충 빗은 백작 부인이 보였다. 그녀 몸에서 향기가 풍겼다. 아마 방금 목욕을 한 것 같았다. 두 눈은 촉촉했으며 더없이 관능적으로 보였다. 살짝 벌어진 화장복 앞섶 틈으로 속살이 살짝 보였고 외젠의 시선은 자연스럽게 그리로 향했다.

막심이 그녀의 손을 잡고 입 맞추려 하는 순간 그녀는 비로소 외젠이 거기 있다는 것을 알아차리고 말했다.

"아, 당신이군요, 라스티냐크 씨. 안녕하세요."

막심은 외젠과 백작 부인을 번갈아 바라보았다. '저 웃기는 작자를 좀 내보낼 수 없어요?'라는 뜻을 노골적으로 드러내고 있었다. 라스티냐크는 그에게 격심한 증오를 느꼈다. 그의 곱슬곱슬하고 아름다운 금발을 보니 자기 머리카락이 얼마나 끔찍한지 알 수 있었다. 장화는 또 어떻고! 마차를 타고 다닌 저 남자의 장화는 저렇게 깨끗하고 고급인데, 내 장화는 그렇게 조심했는데도 진흙이 묻었잖아! 저 친구는 몸에 딱 맞는 프록코트를 입고 있는데 나는 아직 오후 3시 반인데도 검은 야회복을 입고 있는 꼴이라니!

레스토 부인은 외젠의 대답은 기다리지도 않고 다른 살롱으로 가버렸다. 그녀가 걸친 화장복 옷자락이 마치 나비처럼 펄럭였다. 막심이 그녀 뒤를 따라갔고 외젠은 화가 나서 그들 뒤를 쫓아갔다.

잠시 후 커다란 살롱 벽난로 옆에 이들 세 사람만 서 있게 되었다. 외젠은 속으로 투쟁심을 불태우고 있었다.

'저 친구가 내 경쟁자야. 나는 저 친구를 물리치고 말 거야.'

백작 부인은 외젠을 향해 의미 있는 눈길을 보냈다. 그 눈길에는 '왜 아직도 안 가고 있지요?'라는 뜻이 너무 뚜렷하게 담겨 있었다. 그때 살롱 문이 열리더니 한 신사가 나타났다. 그는 부인에게는 눈길도 주지 않은 채 외젠을 유심히 바라본 후 막심에게 손을 내밀며 아주 친근하게 인사를 했다.

백작 부인이 남편을 외젠에게 소개했다.

"레스토 백작이에요."

외젠은 허리 굽혀 인사했다.

그녀가 이번엔 외젠을 남편에게 소개했다.

"이분은 라스티냐크 씨에요. 마르시야크 집안 분으로 보세앙 자작 부인 친척이에요. 지난번 자작 부인 댁 무도회에서 만났어요."

마르시야크 집안으로 보세앙 부인 친척이라! 그 말은 마치 마술과 같은 효과를 발휘했다. 백작은 냉정하게 격식을 갖추던 태도를 싹 바꾸고 그에게 인사했다.

"이렇게 알게 돼서 반갑습니다."

막심 드 트라유 백작도 외젠에게 관심 가득한 눈길을 던졌다. 그도 방자했던 태도를 싹 바꾸었다. '이름'이라는 그 마술 지팡이가 지닌 강력한 힘! 그 덕분에 이 남부 지방 출신 젊은이는 본래 지니고 있던 재치를 되찾았다. 그는 파리 상류사회의 분위기를 훤히 알 수 있을 것 같았다.

"마르시야크 가문이 끊긴 게 아니었나요?"라고 레스토 백작이 외젠에게 말했다.

외젠은 조금도 망설임 없이 답했다.

"제 증조부이신 라스티냐크 기사님이 마르시야크 가문의 후계자와 결혼하셨습니다. 딸 하나를 두셨는데 그 따님이 클라랭보 장군과 결혼하셨습니다. 그 장군님이 보세앙 부인의 외가 쪽 어른이 되지요. 저희 집안은 종가는 아닙니다. 해군 중장이셨던 제 증조부님이 국왕을 섬기느라 모든 재산을 다 바쳤기에 이제는 아주 가난해졌습니다."

"댁의 증조부께서 혹시 1789년 혁명 이전에 '방죄르'호의 함장이 아니셨나요?"

"네, 맞습니다."

"그렇다면 우리 할아버님과 잘 아시던 바로 그분이군요. 할아버님은 '위위크'호의 함장이셨습니다."

순간 막심이 레스토 부인에게 가볍게 어깨를 으쓱하며 눈짓을 했다. 부인은 트라유 씨의 시선이 무얼 말하는지 알아차렸다. 그녀가 말했다.

"이리 와요, 막심. 두 분은 '방죄르'호와 '위위크'호를 타시고 항해하게 내버려두지요."

막심은 그녀와 함께 내실 쪽으로 향했다. 레스토 백작은 외젠과 이야기를 나누느라 정신이 없었다. 그녀와 막심은 잠시후 돌아왔다. 외젠은 정말로 궁금했다. 백작 부인은 막심과 사랑에 빠진 게 분명했다. 그러면서 늙은 제면업자와도 내연의 관계임에 분명한 이 여인이 그에게는 정말 수수께끼로 보였다.

잠시 후 막심이 집을 떠났다. 부인은 그를 배웅하고 돌아왔다. 그녀가 들어오자 백작이 말했다.

"여보, 글쎄 이분 가족들이 사시는 곳이 샤랑트 지방의 베르퇴유에서 멀지 않은 곳이라오. 이분의 증조부님과 우리 할아버님이 서로 아는 사이였다지 뭐요."

"아, 서로 가까운 고장 출신이라니 정말 잘됐네요." 백작 부인이 별 관심 없다는 투로 말했다.

그러자 외젠이 나지막한 목소리로 말했다.

"실은 부인이 생각하시는 것보다 훨씬 가까운 사이지요."

부인이 생기 있는 목소리로 말했다.

"어머, 그래요? 그런데 그게 무슨 말씀이신가요?"

외젠이 말을 받았다.

"아까 댁에서 나가신 영감님 있지요? 그분은 저랑 같은 하숙집 옆방에 사시는 고리오 영감님이랍니다."

그의 입에서 고리오 영감이라는 말이 나오자 벽난로의 불을 뒤적이던 백작이 불쏘시개를 불 속에 확 집어던졌다. 그러고는 벌떡 일어났다.

"영감이라니요! 고리오 씨라고 부르면 안 됩니까?"

백작 부인은 남편이 화를 내는 모습에 얼굴이 하얗게 되었다. 이어서 당황한 듯 얼굴이 빨개졌다. 그녀는 애써 태연한 척하며 말했다.

"우리가 세상에서 제일 사랑하는 분인데……."

외젠은 고리오 영감의 이름을 말함으로써 마술봉을 한 번 더 휘두른 셈이 되었다. 하지만 그 효과는 아까 '보세앙 부인의 친척'이라는 말이 가져왔던 것과는 정반대였다. 마치 초대받은 집에서 그 집 주인이 애지중지하는 조각상을 깨뜨린 꼴이었다. 레스토 부인의 눈은 차갑게 변해서 애써 이 대학생의 눈길을 피하고 있었다.

외젠은 그 어색한 자리를 피하고 싶었다. 그가 인사한 후 밖으로 나오자 레스토 백작이 뒤따라왔다. 그는 외젠의 만류에도 불구하고 응접실까지 그를 바래다주었다. 실은 다른 속셈이 있어서였다. 하인의 모습이 보이자 백작이 하인에게 말했다.

"앞으로 저 사람이 찾아오면 무조건 우리 내외는 집에 없는 것으로 하게."

그 소리가 외젠의 귀에도 들렸다.

외젠이 집 밖으로 나가려고 현관에 발을 내딛으니 비가 오고 있었다. 주머니에 단 돈 22수밖에 없었으면서 그는 마차에 올랐다. 마부가 "어디로 모실까요?"라고 묻자 그는 보세앙 저택으로 가자고 말했다.

부인의 저택에 도착하자 그는 계단을 올라갔다. 풀이 죽어 있었다. 무엇보다 저택 뜰에 세워져 있는 마차가 자기가 타고 온 마차와 너무 대비되었기 때문이다. 3만 프랑으로도 살 수 없는 호화로운 마차였다.

'저런 마차에는 도대체 누가 타고 있을까?'라고 외젠은 생각했다.

외젠은 보세앙 부인의 방으로 안내되었다. 4시 남짓한 시각이었다.

보세앙 자작 부인은 3년 전부터 포르투갈의 부유한 귀족 다주다 핀토 씨와 각별한 사이였다. 제3자의 개입이 용납될 수 없을 만큼 열렬한 그런 관계였다. 그녀의 남편인 보세앙 자작 자신이 속으로야 싫든 좋든 간에 이들의 관계를 존중함으로써 모든 이들에게 모범을 보였다. 오후 2시부터 4시 사이는 그들이 정해놓고 만나는 시간이었다. 그래서 그 시간에 그녀를 찾아가면 그녀가 난처해한다는 것을 모든 파리 사람들이 다 알고 있었다. 그 사실을 모르고 있던 외젠은 아슬아슬한 시간에 그녀를 찾아간 셈이었다. 만일 그가 조금만 일찍 그녀 집으로 갔더라도 그는 문전박대를 당했을 것이었다.

여기서 보세앙 부인 이야기를 조금 더 하자.

부인과 열렬한 관계를 맺고 있던 포르투갈의 거물 귀족 다주다 씨는 로슈피드 가문의 처녀와 결혼할 예정이었다. 파리 상류 사회에서 단 한 사람만이 그 사실을 모르고 있었다. 바로 보세앙 자작 부인이었다. 부인의 친구들이 넌지시 귀뜸을 해주어도 부인은 자기 행복을 샘내어 훼방 놓으려는 짓이라 생각하고 웃어넘겼다. 하지만 결혼은 곧 발표될 예정이었다. 이 포르투갈 미남은 몇 번 부인에게 그 사실을 알리려 하다가도 감히 한마디도 꺼낼 엄두를 못 냈다. 여자에게 '최후통첩'을 하는 일보다 어려운 일이 세상에 또 있겠는가? 두 시간 넘게 비탄에 젖어 하소연을 늘어놓은 후 기절한 척하는 여인 앞에 서느니 차라리 자신의 심장에 총을 겨누며 목숨을 위협하는 남자 앞에 서 있는 게 더 마음 편하리라!

외젠이 방문했음을 하인이 알렸을 때가 바로 그런 순간이었다. 다주다 씨는 '나중에 편지로 알려주어야지. 직접 면전에서 말하는 것보다는 그게 훨씬 나을 거야'라는 생각을 하고 있었다. 그런 상황에서 누군가 보세앙 부인을 만나러 왔다는 전갈을 해왔으니 핀토 씨는 구세주라도 만난 듯이 반가웠다. 외젠은 하루에 정반대되는 두 가지 행동을 한 셈이었다. 아까는 레스토 부인과 막심 드 트라유 씨를 몹시 난처하게 만들었다면 이번에는 다주다 씨를 곤경에서 구해준 셈이 된 것이다.

포르투갈 남자가 인사를 하고 살롱을 나서는 순간 외젠이 들어섰다. 회색과 분홍으로 아기자기하게 꾸민 그 방은 화려하기보다는 우아했다.

"그런데 오늘 부퐁극장에는 안 갈 거예요, 우리?" 보세앙 부인이 핀토 씨에게 물었다.

"오늘은 좀 곤란하네요." 핀토 씨가 문고리를 잡고 말했다.

보세앙 부인은 자리에서 일어나더니 외젠에게는 전혀 관심도 두지 않고 후작을 자기 곁으로 다시 오라고 불렀다. 그녀의 몸짓에는 거역할 수 없는 정열의 힘이 들어 있었다. 후작은 잡 았던 문고리를 놓고 다시 부인 곁으로 왔다. 외젠은 부러운 눈 으로 그를 바라보았다.

"왜 못 간다는 거지요?" 자작 부인이 후작에게 물었다.

"일이 좀 있어서요. 영국 대사관저에서 저녁 약속이 있어요."

그는 자작 부인에게 섬세한 눈길을 보내더니 그녀의 손에 입 을 맞춘 후 밖으로 나갔다. 그녀는 창가로 달려가더니 다주다 씨가 마차에 올라타는 모습을 바라보았다. 그녀는 다주다 씨가 하인에게 내리는 명령에 귀를 기울였다. 하인이 그의 말을 듣 고 마부에게 하는 소리가 들렸다.

"로슈피드 씨 댁으로 가시오."

그녀는 정신이 나간 모습이었다. 옆에 외젠이 있다는 사실은 까맣게 잊고 있는 것 같았다. 그가 부인을 가만히 불렀다.

"누님."

"뭐예요?" 자작 부인이 그에게 눈길을 주며 말했다. 오만하기 짝이 없는 눈길에 외젠은 몸이 오싹해졌다. 그는 그 눈길과 목 소리가 무엇을 뜻하는지 알 수 있었다. 세 시간 전부터 그는 이 미 많은 것을 깨달은 것이다. 하지만 그는 용기를 내서 말했다.

"부인, 제가 워낙 후원이 필요한 처지라서 먼 친척 관계라도 제게 도움이 되리라고 생각하고 찾아왔습니다. 부인께서 제 주변의 장애물을 없애주고 보호해주는 전설 속 요정 노릇을 해주실 것 같았지요."

그녀는 본래 선량한 여자였다. 그녀는 금세 본래의 모습을 되찾고 웃으며 말했다.

"그래서요, 아우님! 내가 어떻게 도움을 주면 되겠어요?"

"그걸 제가 어찌 알겠습니까? 저도 무슨 말을 하는 건지 잘 모르겠습니다. 그저 부인이 제가 파리에서 알고 지내는 단 한 분의 지인이시기에……. 저는 그저 가여운 아이처럼 부인께서 저를 받아주셨으면 하고……."

이 남부 청년의 순진한 말에 보세앙 부인은 관심을 보였다.

"그래요, 당신 같은 사람이라면 사랑에 충실하겠지요."

이때다 싶어 외젠은 레스토 백작 부인 이야기를 꺼냈다.

"전에 이 댁 무도회에서 보았던 레스토 백작 부인 댁에 오늘 제가 갔었습니다."

"당신이 그 집에 갔다면 부인이 무척 난처했겠네요."

"그렇습니다. 단도직입적으로 말씀드리지요. 저는 제게 인생이란 것을 가르쳐줄 여자 분이 한 명 필요합니다. 그리고 오늘 제가 저지른 바보 같은 짓에 대해 부인의 훈계를 듣고 싶어 찾아온 것입니다."

그때였다. 하인이 들어오더니 "랑제 공작 부인께서 오셨습니다"라고 알렸다.

부인은 낮은 목소리로 재빨리 외젠에게 말했다.

"만약 성공하고 싶다면 그렇게 자기 속을 다 드러내 보여주지 말아야 해요."

잠시 후 랑제 공작 부인이 들어왔다. 둘은 친자매처럼 다정하게 인사를 나누었다. 외젠은 이 기회에 여자 보호자를 한 명 더 만들어야겠다고 재빨리 머리를 굴렸다.

보세앙 부인이 랑제 공작 부인에게 인사를 했다.

"우리 앙투아네트, 무슨 좋은 일이 있어서 이렇게 당신을 만나볼 수 있는 행운을 제게 베푸셨나요?"

"다주다 핀토 씨가 로슈피드 씨 댁으로 들어가는 것을 제가 보았어요. 그래서 부인이 혼자 계시겠다는 생각에 온 거지요. 다른 분이 계신 줄 알았다면……."

공작 부인의 가슴을 찌르는 말에 자작 부인은 속으로는 이를 갈았지만 겉으로는 침착했다. 그녀는 외젠을 공작 부인에게 소개했다.

"이분은 제 친척인 외젠 드 라스티냐크 씨랍니다. 그런데 몽리보 장군님 소식 혹시 아세요? 요즘 그분을 뵌 적이 없다고들 해서요. 오늘 혹시 부인 댁에 안 오셨나요?"

보세앙 부인이 반격한 것이다. 그간 정신없이 푹 빠져 있던 몽리보 장군에게 버림받은 공작 부인은 얼굴을 붉히며 대답했다.

"어제 그분은 엘리제궁에 계셨답니다. 그런데 클라라, 내일이면 다주다 핀토 씨와 로슈피드 양의 결혼이 발표된다는 것 알고 계신가요?" 공작 부인이 악의가 넘치는 눈길로 반격했다.

보세앙 부인은 "할 일 없는 사람들이 퍼뜨리는 소문 중 하나겠지요"라고 아무렇지도 않은 것처럼 답하더니 화제를 외젠 쪽으로 돌렸다.

그녀가 외젠에게 물었다.

"아까 바보 같은 짓을 했다고 했지요? 그래, 무슨 바보짓을 했다는 거지요?"

그러더니 공작 부인을 향해 말했다.

"저 가여운 어린애 같은 청년은 너무 순진해서 우리가 하는 말은 알아듣지도 못한답니다. 우리 그 문제는 일단 접어두고 내일 다시 이야기하기로 하지요. 내일이면 모든 게 확실해질 테니까요. 앙투아네트, 지금은 우리가 저 사람을 도와주기로 하지요."

공작 부인은 외젠 쪽으로 시선을 돌렸다. 한 남자를 한꺼번에 싸매서 납작하게 만든 후 마치 없는 것처럼 만들어버릴 만한 오만한 시선이었다.

"저는 레스토 부인과 트라유 씨의 관계에 대해서는 아무것도 몰랐습니다. 그래서 얼떨결에 두 분 사이에 뛰어든 꼴이 되고 말았지요. 하지만 레스토 백작과는 잘 통했습니다. 그런데 제가 어떤 사람을 알고 있다고 말하는 바람에 그만……."

"그게 누군데요?" 두 여자가 동시에 물었다.

"생마르소 동네 구석에 박힌 집에서 한 달에 40프랑으로 살아가는 노인이지요. 모두가 그를 놀려대지요. 그 박복한 노인을 우리는 모두 고리오 영감이라고 부른답니다."

"이런! 당신 정말 어린애 같군요. 레스토 부인은 고리오 씨 딸이에요"라고 자작 부인이 소리쳤다.

공작 부인이 이어서 말했다.

"그래요, 그 제면업자의 딸이지요."

외젠이 놀란 표정으로 말했다.

"아니, 그 영감님이 정말로 그녀의 아버지란 말입니까!"

"그래요. 그 영감에게 딸이 둘 있는데, 딸들을 얼마나 애지중지하는지 몰라요. 거의 미쳤다는 소리를 들을 정도예요. 두 딸은 모두 아버지를 나 몰라라 하는데……."

공작 부인의 대답이었다.

그러자 자작 부인이 랑제 공작 부인을 쳐다보며 물었다.

"둘째 딸은 은행가와 결혼한 걸로 아는데……. 그 남편 성이 독일 성이지요? 아마, 누싱겐 남작 아닌가요? 그녀 이름은 델핀이지요? 오페라 극장에서 지정석에 앉곤 하는 그 여자 말이에요. 부퐁 극장에 자주 오고 티를 내며 큰 소리로 웃는 그 여자 맞지요?"

"어휴, 당신은 왜 그렇게 사람들에게 관심이 많지요? 아나스타지 같은 밀가루 집 딸에게 관심을 가져봐야 밀가루 투성이가 될 뿐인데……."

그러자 외젠이 말했다.

"그런데 왜 하숙집 사람들은 그걸 아무도 모르는 거지요? 그 두 여자가 자기 아버지를 모른 척해서인가요?"

보세앙 부인이 대답했다.

"그래요! 그 아버지가 딸들에게 각각 50만인가, 60만 프랑을 주었다고 하더군요. 시집 잘 가서 행복하게 살기를 원한 거지요. 자기 몫으로는 연금 8,000인가, 1만 프랑만 남겼다더군요.

딸들이 언제고 딸 노릇을 할 거라고 생각한 모양이지요. 2년 만에 두 사위는 장인을 비렁뱅이처럼 자기들 사회에서 추방해버렸는데……."

그 말 몇 마디에 외젠은 고리오 영감이 너무 불쌍해졌다. 아직 가족에 대한 순수한 감정에 젖어 있는 외젠의 눈에서 눈물 몇 방울이 흘러내렸다.

그러자 랑제 공작 부인이 말을 받았다.

"끔찍한 일이긴 해도 우리 주변에서 흔히 일어나는 일이에요. 사위라는 게 도대체 뭐예요? 누구나 사위를 위해 딸을 애지중지 키우지요. 딸은 집안의 기쁨이지요. 낭만주의 시인이라면 아마 '순백의 영혼', 뭐 이런 식으로 표현하겠지요. 그런데 나중에는 집안의 기쁨이 아니라 몹쓸 병이 되어버린다니까요.

사위라는 작자는 딸을 빼앗아 간 후 딸의 사랑을 도끼로 찍듯 독차지하지요. 그러고는 딸이 마음속에 간직했던 친정을 향한 애정을 모두 잘라내버려요. 바로 어제만 해도 딸이 우리의 전부였고 우리가 딸의 전부였는데 다음 날이 되면 원수가 되어버린다니까요. 반대의 일도 매일 우리 눈앞에서 벌어지지요. 어떤 집에서는 아들을 위해 모든 것을 희생한 시아버지에게 며느리가 도저히 상상할 수 없을 만큼 버릇없이 굴기도 하고, 또 어떤 집에 가면 사위가 장모를 내쫓지요. 요즘 세상에선 결혼 자체가 아주 어리석은 일이 되어버린 거 아닌가 모르겠어요. 그 제면업자에게 무슨 일이 닥친 건지 안 봐도 뻔해요. 그 '포리오'인지 하는 사람도……. 그래요, 기억이 나요."

외젠이 정정해주었다.

"부인, '포리오'가 아니라 '고리오'입니다."

"그래요, 그 '모리오'라고 하는 사람은 혁명 때 자기 구역 구역장이었지요. 그때 돈을 엄청 벌었어요. 밀기루를 사재이 두었다가 열 배 이상으로 팔아서 돈을 번거지요. 그 '로리오'라는 사람은 딸들을 그렇게 애지중지했다더군요. 맏딸은 레스토 집안으로 출가시켰고 작은딸은 부자 은행가인 누싱겐 남작에게 시집보냈지요. 영감은 그 두 집안에게 짐만 된 게 당연하고……. 딸들도 차츰 자기를 부끄러워한다는 걸 영감도 알게 되었고……. 그는 스스로 추방당하는 쪽을 택했어요. 그러자 딸들이 만족하는 걸 보고 그는 잘했다고 생각했지요. 이 범죄에서 아버지와 딸들은 공범인 셈이에요. 자기 감정을 송두리째 내주다니 그것도 용서받지 못할 범죄예요. 그 아버지는 모든 걸 다 내주었어요. 20년간 뼐까지 다 빼주고 사랑을 퍼주기만 한 거예요. 스스로 재산을 다 내주고 파산을 하다니, 정말 용서 못할 죄를 지은 거예요. 딸들은 레몬즙을 실컷 짜내고 나서 남은 레몬 껍질을 길모퉁이에 버린 셈이지요. 그러니 아버지와 딸은 공범이에요."

공작 부인의 말을 듣고 있던 자작 부인이 "세상은 정말 파렴치해요"라고 맞장구를 쳤다. 그러자 공작 부인이 말했다.

"파렴치한 정도가 아니라 진흙구덩이이지요. 그러니 우리만이라도 그 진흙을 묻히지 말고 고고한 곳에 있기 위해 노력해야 하지 않겠어요?"

말을 마친 후 공작 부인은 둘에게 인사를 한 후 볼일이 있어 가봐야겠다며 밖으로 나갔다.

외젠은 어정쩡한 모습으로 머뭇거리고 있었다. 그러자 자작 부인이 말했다.

"라스티냐크, 잘 들었지요? 세상은 파렴치하고 심술궂어요. 그런 세상을 대할 때는 절대로 온 마음을 다 주면 안 돼요. 그럴 가치가 있는 만큼만 하면 돼요. 당신 출세하고 싶지요? 내가 도와줄게요. 여자들이 얼마나 타락했는지, 남자들이 얼마나 허영심에 사로잡혀 있는지 알게 될 거예요. 그러니 냉정하게 계산할 줄 알아야 해요. 그래야만 앞으로 전진할 수 있어요. 인정사정없이 후려칠수록 사람들은 당신을 더 두려워하게 될 거예요. 사람을 대할 때는 그 사람을 그냥 역에서 갈아타는 말이라고 생각해요. 그 말이 배고파 죽거나 말거나 더 이상 신경 쓰지 않잖아요. 그래야만 원하는 곳에 도달할 수 있어요.

파리에서 출세하려면 당신에게 관심을 갖는 여자가 있어야 해요. 그런 여자가 한 명도 없다면 당신은 이 바닥에서는 아무것도 아닌 사람이 되어버려요. 당신에게는 젊고 돈 많고 우아한 여자가 필요해요. 혹시 당신에게 진실한 마음이 있다면 그런 감정인랑 보물처럼 간직해요. 그걸 조금이라도 드러내면 당장 승부에서 져버릴 거예요. 혹시라도 사랑을 하게 되면 그걸 열어 보이지 말고 비밀을 잘 지켜요, 그 사랑의 감정을 보호하기 위해서라도 이 세상을 경계하는 법을 배워야 해요. 내 말 잘 들어요, 미구엘."

그녀는 자신도 모르는 사이에 외젠을 자신의 연인 다후다 후작과 착각하고 그의 이름을 불렀다.

"잘 들어요. 그 두 딸이 아버지를 버리고 죽기를 바라는 것도 끔찍한 일이지요, 하지만 그보다 더 무서운 게 하나 있어요. 바로 두 딸 간의 경쟁심이지요. 맏딸은 레스토 백작 부인이 되었으니 귀족사회로 들어간 셈이지요. 하지만 그 동생인 델핀 드 누싱겐 부인은 재력가의 아내이면서도 속이 상해 죽을 지경이에요. 질투심 때문이지요. 부자면 뭐해요? 언니처럼 귀족 사회로 들어가고 싶어 안달이에요. 말로만 언니지 이미 언니가 아니에요. 두 자매는 서로 아는 척도 안 해요.

자, 그 질투심을 이용할 기회를 줄게요. 누싱겐 부인은 우리 살롱에 드나들 수 있게만 된다면 생 라자르 거리로부터 그르넬 거리 사이에 있는 진흙을 다 핥으라고 해도 핥을 사람이에요. 당신이 만약 그녀를 나와 한 번 만나게만 해준다면 그녀의 총애를 받게 될 거예요. 그녀는 당신을 더없이 아껴줄 거예요. 그러고 나서 그녀를 사랑할 수 있으면 사랑해봐요. 아니면 그녀를 이용하든가. 성대한 파티에서 내가 그녀를 두어 번은 만나줄 수 있어요. 사람이 많이 붐빌 때 그저 인사 정도는 해줄 수 있어요. 당신은 고리오 영감 이름을 입 밖에 내는 바람에 백작 부인 집에 출입금지를 당했어요. 이제부터는 당신이 그 집을 찾아갈 때마다 그들 부부는 부재중일 거예요. 이제 그들을 만나기는 힘들 거예요. 그러니 레스토 백작 부인은 이제 그만 잊어요.

그래요. 델핀 드 누싱겐 부인과 안면을 트도록 해요. 그 아름다운 여자와 친하게 되면 그 여자가 당신 간판 역할을 할 거예요. 그녀가 각별하게 생각하는 남자가 한번 되어봐요. 그러면 다른 여자들이 당신에게 달려들 거예요. 당신을 그녀에게서 떼어내려는 경쟁자도 생길 걸요. 그러면 성공할 길이 열릴 거예요. 파리에서는 성공이 전부예요. 성공만이 모든 힘의 열쇠이지요. 그렇게 되면 당신은 뭐든지 원하는 대로 되고, 어디든 발을 들여놓을 수 있어요. 결국 사교계의 실상을 알게 되겠지요. 속고 속이는 자들의 모임이라는 것을. 자, 거기 발을 들여놓는 데 내 이름을 이용할 수 있게 해줄게요. 하지만 한 가지 다짐해야 해요. 절대로 내 이름을 욕되게 하지는 말아요."

그녀는 잠시 말을 멈추더니 마치 여왕이 대학생에게 보내는 것 같은 눈빛을 하며 덧붙였다.

"내 이름을 사용한 후 깨끗하게 내게 돌려줘야 해요. 자, 이제 가봐요. 우리 여자들도 치러야 할 전투가 있답니다."

"혹시 그 전투에 자신의 몸을 아끼지 않는 헌신적인 남자가 필요하시면 언제라도……."

외젠은 가슴을 두드려 보인 후 친척 누이의 미소에 미소로 답하고 밖으로 나왔다. 5시였다. 배가 고팠다. 그는 마차를 잡아타고 서둘러 하숙집으로 갔다.

그가 하숙집으로 돌아와 식당으로 들어가니 마치 외양간의 꼴 시렁에 모여든 짐승들이 먹이를 먹듯 열여덟 명이 모여 식사를 하는 중이었다. 그는 끔찍했다. 방금 보고 온 것과 달라도 너무 달랐다. 그 바람에 그의 야심에 더욱 불이 붙었다. 보세앙부인이 입 밖에 낸 가르침, 그 궤변들이 생생하게 되살아났다. 그는 다시 한 번 학문과 사랑을 발판 삼아 박식한 법학자가 되는 동시에 사교계의 총아가 되겠다고 결심했다. 그걸 보면 그는 아직 참으로 어린애였다. 이 두 선은 결코 합쳐질 수 없는 평행선이라는 것을 그는 모르고 있었다.

"어이쿠, 우리 후작 나리께서 왜 이리 우울해 보이실까."

생각에 잠긴 외젠을 보고 보트랭이 은밀한 어조로 말했다.

"저는 지금 그런 농담에 답할 기분이 아닙니다. 여기 파리에서 진짜 후작이 되려면 연 10만 프랑의 수입이 있어야 되지요. 그런 행운의 여신이 여기 보케 하숙집에 사는 사람을 찾아올 리도 없고요."

"자네 기분이 영 안 좋구먼. 아마 아름다운 레스토 백작 부인에게 작업을 걸었다가 잘 안 된 모양이군."

그러자 라스티냐크가 큰 소리로 말했다.

"그분 아버님이 우리 하숙집 식탁에서 함께 식사하는 분이라고 말했다가 출입금지를 당했거든요."

저녁을 먹던 사람들이 눈을 동그랗게 뜨고 서로를 쳐다보았다. 고리오 영감이 시선을 내리깔고 돌아서더니 수건으로 눈을 닦았다.

영감이 옆에 앉은 사람에게 말했다.

"당신 담배 연기가 내 눈으로 들어갔잖소."

그러자 외젠이 그 사람을 노려보며 말했다.

"이제부터 고리오 영감님을 괴롭히는 사람은 나를 공격한 셈으로 치겠습니다. 영감님은 우리 모두를 합친 것보다 더 훌륭한 분입니다."

외젠이 하도 단호하게 말하는 바람에 모두들 침묵을 강요받은 듯 조용해졌다. 보트랭만이 이죽거리듯 외젠에게 말했다.

"고리오 영감님을 입으로만 보호할 수 있는가? 검을 잘 다루고 총도 잘 쏘아야 할 걸."

"제가 그걸 못 할 줄 압니까? 왜, 한번 겨뤄볼까요?"

저녁 식사 분위기는 냉랭해졌다.

"고리오 씨가 그럼 그 백작 부인의 아버지라는 건가요?" 보케 부인이 나지막한 목소리로 외젠에게 말했다.

"남작 부인의 아버지이기도 하지요." 라스티냐크가 대꾸했다.

저녁 식사가 끝나고 모두들 가버리자 식당에는 고리오 영감과 외젠만 남았다. 영감이 외젠에게 감동적인 목소리로 물었다.

"그러니까 당신이 내 딸을 만났다는 거요?"

외젠은 애틋한 마음으로 찬찬히 그를 바라보며 말했다.

"영감님, 영감님은 훌륭하신 분이십니다. 따님들에 대해서는 나중에 이야기하지요."

그는 자리에서 일어나 자기 방으로 갔다. 그리고 어머니에게 편지를 썼다. 자신의 야심을 실현하기 위해서는 무엇보다 돈이 필요하다는 것을 깨달은 것이다.

사랑하는 어머니, 저는 어머니께 세 번째 젖가슴을 보여 달라고 애원하는 심정입니다. 어머니, 제게 급히 돈이 필요하답니다. 1,200프랑이 필요해요. 어떤 일이 있더라도 그 돈이 있어야만 합니다. 아버지께는 비밀로 해주세요. 왜 그 돈이 필요한지는 어머니를 만나게 되면 바로 설명해드릴게요.

어머니, 제가 빚을 진 건 아니랍니다. 하지만 어머니께서 제게 주신 생명을 제가 잘 지키길 원하신다면 이 돈을 제게 마련해주셔야 해요.

참, 그리고 보세앙 자작 부인 댁에 찾아갔었어요. 그분이 기꺼이 제 보호자가 돼주기로 했답니다. 사교계에 진출해야 하는데 제게는 깨끗한 장갑 한 켤레 살 돈도 없어요. 여기서는 빵과 물만 먹고도 살 수 있고 필요하다면 굶을 수도 있답니다. 하지만 돈 없이는 지낼 수 없어요. 제 갈 길을 제대로 개척하느냐, 아니면 진흙탕 속에 머물러 있느냐는 모두 돈에 달려 있어요.

사랑하는 어머니, 갖고 계신 보석을 몇 개 파세요. 제가 곧 더 좋은 것으로 구해드릴게요. 저는 우리 집 사정을 잘 압니다. 아무 대가 없이 그렇게 해달라고 부탁하는 게 아닙니다. 만일 그렇다면 저는 사람이 아니라 괴물이지요. 정말 절박하게 필요합니다. 우리의 미래 전체가 이 돈에 달려 있고 그 돈으로 저는 전투에 나가 길을 헤쳐나가야 합니다. 파리 생활은 끊임없는 전투와 다름없거든요. 만약 제가 부탁한 금액을 채우기 위해 고모님이 지니신 레이스를 파는 것 외에 방도가 없다면 제가 나중에 더 예쁜 것으로 보내드리겠다고 고모님께 말씀드리세요.

그는 두 누이동생에게도 따로 편지를 썼다. 모아놓은 돈이 있으면 좀 보내달라는 내용이었다. 편지를 다 쓰고 나자 그는 가슴이 두근거리고 몸이 바르르 떨리는 것을 느꼈다. 두 누이 동생의 영혼이 얼마나 순결한지 이 야심 많은 청년은 알고 있었다. 두 누이에게 어떤 고통을 줄 것인지도 알고 있었고 또한 누이들의 기쁨이 얼마나 클 것인지도 청년은 알고 있었다. 누이들은 남들 몰래 저희들의 작은 보물을 헤아리며 그 돈을 몰래 오빠에게 보내주려고 요모조모 꾀를 내겠지. 숭고한 희생을 위해 난생처음 남을 속이려 애쓰겠지. 아아, 티 없이 맑은 누이들! 너무나 순결한 영혼을 지닌 누이들!

그는 편지를 쓴 것이 부끄러웠다. 아들이 부탁한 금액을 채워주지 못하면 어머니 마음은 얼마나 괴로울 것인가! 그래 이런 아름다운 희생을 헛되이 할 수 없어. 그의 눈에서 눈물 몇 방울이 흘러나왔다. 그는 괴로운 마음에 안절부절못하고 방 안을 서성이다 겨우 잠자리에 들었다.

다음 날 라스티냐크는 우체국으로 가서 편지를 부쳤다. 마지막 순간까지 망설였지만 결국 우체통에 편지를 던져 넣으며 이렇게 중얼거렸다.

'난 성공할 거야.' 돈을 따고야 말리라는 노름꾼의 말처럼 치명적인 말이었다.

며칠 뒤 외젠은 레스토 부인 집으로 갔다. 하지만 문은 닫혀 있었다. 그 후 세 번 더 찾아갔지만 마찬가지였다. 모든 것이 보세앙 부인 예상대로였다. 그는 보세앙 부인의 말대로 레스토 부인을 포기했다.

대학생 외젠은 이제 더 이상 공부를 하지 않았다. 강의 시간에 겨우 출석체크만 하고 슬쩍 강의실을 빠져 나왔다. 그는 대부분의 대학생이 그렇듯이 시험 기간에만 공부하기로 작정한 것이다. 2학년과 3학년 수업을 한꺼번에 몰아서 듣고 어려운 법학은 마지막 학년에 제대로 배우기로 작정했다. 그렇게 계획을 세우고 나니 15개월의 여유가 생겼다. 그는 그 여유기간을 이용해 파리라는 대양을 마음대로 항해하면서 행운을 낚으리라 결심했다.

그는 그 주에만도 두 번 보세앙 부인 집으로 갔다. 그때마다 다주다 후작의 마차가 그 집 앞에 있었다. 보세앙 부인은 다주다 후작에게 편지를 보내 그와 로슈피드 양과의 결혼을 미루게 할 수 있었다. 생제르맹 구역에서 가장 시심이 뛰어난 이 여인의 편지가 효과를 발휘한 것이다. 하지만 그것은 임시 처방에 불과했다. 다주다 후작과 로슈피드 집안은 서로 죽이 맞아서 언제고 그녀가 제 풀에 떨어져 나가기를 기다리고 있었다. 다주다 씨는 연기를 하고 있는 셈이었고 자작 부인은 알면서도 속는 척하고 있을 뿐이었다, 보세앙 부인은 그런 고통스러운 상황에서도 젊은 친척 외젠을 도와주었고 거의 맹목적이라고 할 만한 애정을 쏟아부어주었다. 그 누구의 눈길에서도 위안을 찾을 수 없던 부인에게 외젠이 보여주는 헌신과 자상함이 그녀에게 큰 위로가 되었던 것이다.

레스토 부인에게 접근할 길이 완전히 끊긴 외젠은 보세앙 부인의 충고대로 누싱겐 부인에게로 눈길을 돌렸다. 그는 그녀에게 가까이 가기 위해서는 고리오 영감이 지금까지 어떻게 살아왔는지 완전히 꿰뚫고 있어야 한다고 생각했다. 그는 고리오 영감에 대한 정보들을 수집했다. 랑제 공작 부인의 말을 통해 밑그림이 드러난 고리오 영감의 자세한 이력은 다음과 같다.

장-조아킴 고리오는 대혁명 이전에는 제면공장의 평범한 일꾼이었다. 그가 다니던 공장 주인은 1789년 대혁명 때 우연히도 첫 봉기의 희생자가 되었다. 그러자 수완이 좋고 검소했던 고리오는 주인의 자산을 사들였다. 그는 영향력 있는 사람들을 바람막이로 삼아 자기 사업을 보호할 목적으로 자기 구역의 구역장 직을 맡았다. 파리의 곡물 값이 엄청나게 오르자 평민들은 죽기 살기로 빵집 앞에 몰려들었다. 그 험한 세월을 살면서 고리오 영감은 돈을 착실하게 모았다. 겉으로는 지극히 평범한 사람이었던 것이 그 어수선한 세월을 아무 탈 없이 무사하게 지낼 수 있게 해주었다.

그의 재산이 사람들에게 알려진 것은 부자들이 자기 재산이 많다는 사실만으로 안절부절못하던 시절이 지나갔을 때였다. 그는 있는 머리를 다 짜내어 곡물 장사에 몰두했다. 그 방면에 그는 재주가 탁월했다. 곡물을 잘 보존할 줄 알았고, 유통구조를 꿰뚫었으며, 풍작과 흉작을 예견할 줄 알았다. 싼 가격에 시칠리아, 우크라이나 등 외국에서 곡물을 사들이는 데 그의 재주를 당할 자가 없었다. 참을성 많고 활동적이며 정력적인 그는 독수리 같은 시선으로 모든 것을 앞질렀고 예견했으며 과감하게 실행했다. 일을 구상하는 데는 외교관 같았으며 일을 진척시키는 데는 군인 같았다.

하지만 자기의 전문 분야인 장사 일을 떠나, 가게 문기둥에 기대고 서 있는 그의 모습은 영락없이 멍청하고 거친 노동자였다. 복잡한 논리는 이해하지 못하고, 정신적 즐거움에는 무감각한 남자, 공연을 보러 가면 잠들어버리는 남자, 남들에게 쉽게 조롱을 당하는 바보 같은 남자가 바로 고리오 씨였다.

그의 아내는 브리 지방의 부유한 농부의 외동딸이었다. 그의 아내는 그에게는 종교적 숭배의 대상이자 무한한 사랑의 대상이었다. 그녀는 연약하면서도 강인했고, 민감하면서도 사랑스러웠다. 고리오는 자기와 확연하게 대비되는 아내의 성격에 감탄했다. 남자의 가슴속에는 연약한 존재를 보호한다는 자부심이 언제나 자리 잡고 있는 법이다. 고리오 영감은 그녀와 살면서 그런 자부심을 느꼈다. 거기다 그녀를 극진히 사랑했으니 그녀와 산다는 것은 삶의 행복과 쾌락 그 자체였다. 그는 사랑과 자부심을 동시에 느끼고 맛보게 해주는 그녀에게 진정으로 감사했다.

7년간 구름 한 점 없는 완벽한 행복을 선사하고 나서 불행히도 아내는 세상을 떠났다. 아마 그녀가 살아 있었다면 그녀는 영감의 무기력한 본성을 계발했을 것이고 세상과 인생에 대해 많은 것을 알게 해주었을 것이다.

부인이 죽자 고리오의 마음속에는 아내를 향한 사랑 대신 부성애라는 감정이 무럭무럭 자라나 모든 것을 압도하게 되었다. 아내에게 쏟던 애정을 그는 두 딸들에게 옮겨 쏟아부었다. 그가 부자인 것을 다들 알았기에 자기 딸들을 아내로 주겠다며 접근하는 사람들이 주변에 많았지만 그는 그냥 홀아비로 살겠다고 했다.

그는 당연히 두 딸에게 분에 넘치는 교육을 시켰다. 연 수입

6만 프랑 이상의 부자이면서도 자신을 위해서는 단 1,000프랑도 쓰지 않는 그가 딸들 교육을 위해서는 돈을 아끼지 않았다. 딸들은 승마도 했고 마차도 가졌으며 마치 부유한 늙은 영주의 정부라도 되는 듯이 풍족한 생활을 했다. 아무리 돈이 많이 드는 일이라도 딸들이 하고 싶다면 아버지는 스스로 서둘러서 원하는 것을 들어주었다. 그는 딸들이 자기에게 잘못하는 짓까지도 사랑할 정도였다.

딸들이 출가할 나이가 되자 그녀들은 각자 취향대로 남편을 선택할 수 있었다. 딸들이 각자 아버지 재산의 반씩 지참금으로 가져갈 수 있었기 때문이었다. 아나스타지는 미모 덕분에 레스토 백작의 구혼을 받을 수 있었다. 그녀는 귀족적인 성향을 지니고 있었기에 그를 배우자로 택했다. 반면에 델핀은 돈을 좋아했다. 그녀는 독일 출신으로 신성로마제국의 남작이 된 은행가 누싱겐 씨와 결혼했다.

고리오는 그 뒤로도 제면업에 계속 종사했다. 딸들과 사위들은 그가 이 사업을 계속하는 것을 달가워하지 않았다. 체면이 손상되는 것 같았기 때문이었다. 그 일을 그만두라는 딸과 사위들의 성화에 못 이겨 그는 상점을 팔고 은퇴했다. 은퇴한 후에도 그의 수입은 연간 8,000에서 1만 프랑은 되었다. 두 딸은 은퇴한 아버지를 집에 모시기를 꺼려했다. 그뿐이 아니었다. 남들이 보는 앞에서 아버지가 자기들 집에 드나드는 것까지 노골적으로 싫어했다. 완전히 홀로 된 영감은 결국 보케 하숙집에 투숙해서 숙식을 해결하게 된 것이다.

제2장 사교계에 입성하다

　12월 첫 주가 끝나갈 무렵, 라스티냐크는 두 통의 편지를 받았다. 한 통은 어머니가, 다른 한 통은 큰 누이동생이 보낸 것이었다. 그는 어머니와 누이동생이 자신을 사랑한다는 것을 잘 알고 있었다. 그는 혹시 거절당했을까 하는 두려움보다는 그들의 마지막 피한방울까지 빨아먹는 게 아닌가 하는 죄책감에 사로잡혀 편지를 뜯었다.

　사랑하는 내 아들아, 네가 부탁한 것을 보낸다. 이 돈을 잘 쓰거라. 설령 네 목숨이 달린 일이라 해도 다시는 아버지 몰래 이런 큰돈을 구할 수는 없을 거다. 네가 가진 계획이 얼마나 중요한지 내가 알 수는 없지만, 내게 털어놓을 수도 없단 말이냐? 책 몇 권 쓰는 것도 아니고 나 같은 어머니들에겐 그저 한마디면 족할 텐데…….

너도 편지를 쓰면서 괴로웠겠지만 나도 괴롭긴 마찬가지란다. 아들아, 넌 지금 어떤 길에 나서려는 거냐? 네가 그리는 행복이 지금의 네가 아니라, 그 무언가 그럴듯해 보이는 쪽을 향하고 있는 것 같구나. 네가 감당할 수 없는 돈을 쓰고, 공부를 소홀히 하면서 드나들어야 하는 세계와 연결된 것 같구나. 하지만 우리 착한 외젠, 엄마 마음을 믿어다오. 옳지 못한 길로는 크게 되지 못한단다. 너 같은 처지의 젊은이에게는 인내와 체념이 최고의 미덕이란다. 지금 너를 나무라는 게 아니다. 자식을 믿고 그 앞날을 그려보는 어미로서 하는 말이란다. 네 마음이 얼마나 순수한지 잘 알기에 하는 말이란다. 자, 사랑하는 내 아들아, 앞으로 힘차게 걸어가거라. 어미로서 내가 떨리는 건 당연하지만 그래도 기도하고 축복하면서 네 걸음걸음마다 내 애정을 보낼 거란다. 그리고 너와 함께 갈 거야. 아들아, 부디 신중하게 처신하도록 해라. 네게 소중한 다섯 사람의 운명이 너 하기에 달려 있기에 하는 말이란다.

마르시야크 고모님은 이번에 정말 큰 사랑을 보여주셨

단다. 추억이 담긴 물건들을 희생한다는 게 어떤 건지 너희는 아직 잘 모를 거다. 고모가 네 이마에 입맞춤의 안부를 전해달라고 하신다. 손가락에 통풍만 없으셨다면 네게 직접 편지를 쓰셨을 거야. 아버지는 잘 지내신다. 1819년 수확은 우리가 기대했던 것 이상이야.

그럼 잘 있거라, 우리 아들. 네 누이들 이야기는 하지 않으마. 로르가 네게 따로 편지를 할 모양이다. 성공하거라, 우리 아들. 자식에게 줄 재산이 있었으면 얼마나 좋을까 생각하다보니 가난이 뭔지 알겠더구나. 그럼 잘 있거라. 또 소식 전하마.

외젠은 편지를 다 읽고 눈물을 흘렸다. 그리고 은 식기를 내다 팔아 딸의 빚을 갚아주던 고리오 영감의 모습이 떠올랐다.

'내가 아나스타지보다 나은 게 뭐가 있어? 그녀가 자기 애인을 위해 한 짓을 나는 이기적으로 내 미래만 생각하고 한 것 아니야? 그녀와 나 중에 누가 더 낫다고 할 수 있어?'

그는 어머니를 향한 죄책감과 고마움에 눈물을 흘리며 누이의 편지를 펼쳤다. 티 없이 맑고 순수한 누이의 글을 읽다 보니 그의 마음도 밝아졌다.

오빠, 오빠 편지가 어떻게 그리 때맞춰 도착했는지! 아가 트와 나는 돈을 어떻게 쓰면 좋을까 고민하던 중이었거 든요. 오빠 편지 덕에 우리는 쉽게 결정할 수 있었어요. 사랑하는 외젠 오빠, 정말이지 우리는 어떤 걸 먼저 해야 하지 하는 일로 늘 말다툼을 하잖아요. 아가트는 기뻐서 폴짝 뛰었어요. 둘이 하루 종일 얼마나 정신 나간 애들처 럼 굴었던지 엄마가 엄한 표정으로 '너희 도대체 왜 그러 니?' 하고 물으실 정도였어요.

오빠, 아가트 그 깍쟁이는 돈을 참 많이 모아놓았어요. 난 조금 걱정이 되는 앤가봐요. 낭비벽이 심하잖아요. 허리 띠도 벌써 두 개나 샀고 내 코르셋에 구멍을 뚫으려고 예 쁜 송곳도 샀어요. 아가트는 알뜰해서 푼돈을 까치처럼 착실하게 모아두었더군요. 난 내가 산 허리띠를 우물에 던져버리고 싶었어요. 내가 그 허리띠를 오빠에게서 훔 친 셈이니 말이에요.

아가트는 정말 착해요. "우리 둘이 가진 돈을 합쳐서 350프랑을 오빠에게 보내자"라고 말하는 것 아니겠어요? 우리가 그 돈을 부치고 돌아오면서 얼마나 즐거워했는지 아세요? 오빠 얘기를 너무 많이 했어요.

사랑하는 오빠에게 비밀 한 가지 말씀드릴게요. 고모님 말씀이 우리처럼 얼굴이 깜찍하게 생긴 사람들은 못 하는 게 없다고 말씀하셨답니다. 심지어 입 다무는 것까지 잘한대요. 그러니 아가트와 제가 오빠에게 돈을 보내면서 얼마나 즐거워했는지 사람들은 영원히 모를 거예요. 이곳 라스티냐크 왕국에는 중대한 추측이 난무하고 있어요. 어마마마를 위해 공주들이 비밀리에 모슬린 드레스에 꽃무늬를 수놓고 있다는 소문이지요. 이제 두 폭만 마저 하면 된다고 하더군요.

우리 집안 유산 상속인께서 손수건이 필요하다고 하신다면 마르시야크 마나님이 가방을 뒤진 끝에 네덜란드 제 비단을 찾아내셨다는 걸 알려드리지요. 고모님도 그런 걸 가지고 계신 줄 몰랐었지요. 아가트와 로르 두 공주는 마나님께서 명령만 내리시면 실과 바늘을 들고 불그레한 손을 분주히 놀릴 준비가 되어 있답니다.

동 앙리와 동 가브리엘 두 왕자는 포도를 배터지게 먹어서 두 누이를 화나게 만들었지요. 공부는 하지 않고 새 둥지나 찾아다니며 장난치고, 버들가지를 잘라서 장난하는 나쁜 버릇을 아직도 못 버리고 있답니다. 신부님이 계속 그렇게 놀기만 하면 파문시키겠다고 겁을 주고 계셔요.

자, 그럼 안녕, 사랑하는 우리 오빠. 오빠의 행복을 기원하는 마음과 사랑을 이렇게 가득 담은 편지는 이제까지 없었을 거예요. 그러니 다음번에 집에 오면 우리에게 이야기 많이 해주셔야 해요. 고모님 눈치를 보니 오빠가 사교계에서 이미 성공을 거둔 것 같아요. 오빠, 오빠는 우리랑 통하지요? 만일 오빠가 필요로 한다면 우리가 손수건 없이 지내게 되더라도 오빠 셔츠를 만들어 보내줄게요. 바느질 잘 된 멋진 셔츠가 필요하다면, 오빠 빨리 답을 줘야 해요. 얼른 만들기 시작해야 하니까요. 그리고 파리에서 유행하는 디자인이 있다면 그 견본을 우리에게 보내줘요. 특히 소매 부분을.

안녕! 안녕! 오빠에게 입맞춤을 보내요. 남은 지면은 아가트 몫으로 남겨둘게요. 내가 지금까지 쓴 글은 한 자도 읽지 않겠다고 약속했어요. 그래도 그 애가 오빠에게 편지 쓰는 동안 옆에 붙어 앉아 있을 거예요.

오빠를 사랑하는 누이동생

로르 드 라스티냐크

누이의 편지를 접은 뒤 외젠은 속으로 다짐했다.

'오, 어떤 일이 있어도 성공해야 돼! 그래서 보답해야 해. 우리 가족들에게 행복이란 행복은 다 안겨주어야 해.'

그는 잠시 생각을 멈추었다가 다시 속으로 중얼거렸다.

'1,550프랑! 한 푼 한 푼, 효과 있게 써야 해. 로르 말이 맞아. 내겐 거친 천으로 만든 셔츠밖에 없어. 남의 행복을 위해서라면 정말 영리해지는 게 여자인가봐. 오오, 하늘의 천사 같은 내 누이! 티 없이 맑은 어린애가 어떻게 그렇게 모든 걸 훤히 내다볼 수 있는 거지?'

이제 세상이 그의 것이었다. 그는 당장 양복점 재단사를 불러서 치수를 재게 했다. 1,500프랑과 마음대로 입을 수 있는 옷! 이 가난한 남부 출신 청년 앞에는 더 이상 아무것도 거리낄 게 없었다. 대학생의 주머니에 돈이 스르르 미끄러져 들어가는 순간, 그의 내면에 든든한 받침대 하나가 우뚝 솟았다. 발걸음이 경쾌해졌고 사기충천한 시선은 앞을 똑바로 향했으며 몸놀림도 민첩해졌다. 전날만 해도 그는 마치 남에게 몇 대 얻어맞은 것처럼 초라하고 풀 죽은 모습이었다. 그런데 이제는 국가의 수상이 눈앞에 나타난다 해도 한 주먹 날릴 수 있을 것 같은 기세였다.

그는 모든 것을 할 수 있을 것 같았고 쾌활하고 너그러워졌으며 감성도 풍부해졌다. 한마디로 이제까지 날개 없던 새가 훨훨 날게 된 셈이었다. 무일푼이었던 이 대학생은 고생 끝에 뼈다귀 하나를 훔쳐낸 강아지 같았다. 그는 그 기쁨의 뼈다귀를 입에 물고 그 안의 골수를 빨아먹고는 좋아서 뛰어다녔다. 그는 이제는 '가난'이라는 단어가 무슨 뜻인지도 모르게 되었다. 파리가 온통 그의 것이었다. 모든 것이 빛나고 모든 것이 반짝이며 타올랐다. 그는 한창 힘이 넘치는 나이가 아니었던가!

외젠은 식당으로 내려갔다. 그리고 140프랑을 보케 부인에게 건네주었다.

"이걸로 연말까지 제 하숙비는 다 드린 겁니다. 여기 100수를 잔돈으로 좀 바꿔주세요."

그 모습을 본 보트랭이 외젠에게 빈정거리듯 말했다.

"라스티냐코라마 후작님, 어머니가 출혈을 하셨군. 이제 검술 배울 돈과 사격 훈련할 돈이 생긴 건가?"

"보트랭 씨, 저는 후작이 아닙니다. 그리고 제 이름은 라스티냐코라마가 아닙니다."

기세등등한 외젠은 자기를 모욕한 보트랭과 결투라도 할 기세웠다. 그는 마당으로 나가며 보트랭에게 따라오라고 했다. 마당으로 따라온 보트랭이 친근하게 외젠의 팔을 잡으며 말했다.

"이거 왜 이러시나? 내가 얼마나 명사수인지 몰라서 이러는가? 자네 내게 화를 내는 것 같은데 그러다가 죽을 수도 있다네."

"뒤로 물러나시는 겁니까?"

"오늘 아침은 날씨가 별로 춥지 않군. 자, 저기 좀 앉아 보게. 내가 자네에게 해줄 말이 있어. 자네는 선량한 청년이고 난 자네가 잘되기를 바란다네. 난 자네를 좋아해. 이 불사조……. 아니 아니, 이 보트랭의 이름을 걸고 말이야."

그는 초록색 페인트를 칠한 의자를 손으로 가리켰다. 둘은 의자에 앉았다.

"내가 누군지, 이제까지 뭘 했는지, 지금 무슨 일을 하고 있는지 정말로 알고 싶은가?"

외젠이 아무 말이 없자 보트랭이 말을 이었다.

"내가 누구냐고? 보트랭이지. 내가 뭘 하느냐고? 내가 하고 싶은 것을 하지. 자, 넘어가세. 나는 나한테 잘해주는 사람, 맘이 통하는 사람에게는 착한 사람이라네. 그런 사람에게는 못해줄 게 없는 사람이지. 하지만 날 못살게 굴거나 내 맘에 들지 않는 인간에게는 악마처럼 심술궂다네. 사람 하나 죽이는 것쯤이야 우습게 생각한다는 것도 자네가 알아주었으면 좋겠어. 하지만 죽이더라도 함부로 죽이지는 않아. 제대로 죽여야지. 난 예술가니까.

다시 말해주지만 난 자네가 좋아. 그래서 자네에게 도움이 되는 이야기를 해주고 싶어진 거야. 난 자네를 깨우쳐주고 싶어. 난 이 세상에 단 두 가지 원칙밖에 없다는 것을 깨우쳤다네. '멍청하게 순종하느냐, 아니면 반항하느냐', 이 두 가지밖에 없지. 나는 아무것에도 순종하지 않네. 어때 이제 나를 확실하게 알겠지?

자, 이제 중요한 걸 자네에게 말해주지. 지금 자네가 살아가는 방식대로라면 자네에게 뭐가 필요한지 알고 있나? 100만 프랑이 필요하지. 그것도 아주 급히 말이야. 그 100만 프랑을 내가 자네에게 주지."

외젠은 뚱딴지 같은 말에 멍한 표정이 되었다. 그런 그를 바라보며 보트랭이 말을 이었다.

"이제 표정이 좀 풀어졌군. 자, 이제 본격적으로 우리 이야기를 해보자고. 젊은이, 내가 자네에게 자네 삶의 대차대조표를 보여주지. 저기 시골에 아버지, 어머니, 고모님, 열일곱 살과 열여덟 살 먹은 두 누이동생, 열 살과 열다섯 살짜리 두 남동생, 이게 자네가 태우고 다니는 승객 명단이야. 식구들은 흰 빵보다는 밤으로 쑨 죽을 더 자주 먹고 모든 가족이 허름한 옷 한 벌로 버티지. 나도 남쪽에서 살아봐서 다 알아. 그쪽은 모두 자네 집 형편하고 비슷하거든.

식모 한 명에 하인도 한 명 있겠지. 체면은 차려야 하니까 말일세. 아버지는 이래 봬도 남작이 아니신가? 그런데 자네에겐 야심이 있어. 보게 아줌마가 해주는 맛없는 수프나 띠믹으면서 생제르맹의 멋진 만찬을 동경하지. 초라한 침대에서 자면서 저택을 원해! 난 자네 같은 사람의 욕망을 절대 탓하지 않네. 자네는 그 욕망을 채우려고 법전을 씹어 먹고 있지. 하지만 그건 재미도 없고 아무짝에도 쓸모가 없다네.

모든 게 자네 뜻대로 된다고 해도 연봉으로 고작 1,000프랑을 받고 외진 곳에서 인생을 시작하게 될 거야. 부유한 방앗간 집 딸과 결혼하고 서른 살에 연봉 3,000프랑을 받게 되겠지. 잔머리 굴리고 비열한 짓을 한다면 마흔 살에 검사장이 되고 국회의원도 될 수 있을 걸세. 하지만 명심하게. 그나마 양심에 오점을 남기게 될 것이고 게다가 20년간 가난에 찌들어 힘든 살림을 한 후일 뿐이야. 변호사를 한다? 좋지. 하지만 파리에서

쉰 살에 연봉 5만 프랑 이상 버는 변호사 다섯 명을 찾기도 힘들걸. 그나마 그런 친구들도 매일 이렇게 한탄할걸.

'아, 내 영혼을 이렇게 망쳐버릴 줄 알았다면 차라리 해적 노릇이나 할 것을!'

결혼? 마누라 지참금으로 팔자 고친다? 그건 목에 돌덩이를 하나 매다는 격이지. 그리고 만약 돈 때문에 결혼한다면 명예와 자존심은 어떻게 할 건가? 그래도 행복하기만 하다면야 결혼도 할 만하지. 하지만 돈 때문에 하는 결혼은 하수구 속의 돌멩이 꼴이 되는 것과 같아.

자네는 친척 누이 보세앙 집에 이미 갔었지. 거기서 사치의 냄새를 맡았네. 고리오 영감 딸 레스토 부인 집에 가서는 파리 여자라는 게 어떤 건지 알아챘을 것이고. 그런 후 자네 얼굴에는 '출세'란 단어가 또렷이 적혀 있었네. 그 출세를 위해 자네가 기울여야 하는 치열한 노력과 싸움을 한 번 생각해보게. 자네와 똑같은 생각을 하고 있는 젊은이가 5만 명은 넘을 걸세. 그 5만 명끼리 독 안에 든 거미들처럼 서로가 서로를 먹어치워야 하는 거지.

이곳 파리 사람들이 어떻게 출세하는지 아나? 천재성을 떨치든지, 아니면 능수능란하게 타락해야 하네. 사람들 속으로 포탄처럼 뚫고 들어가거나 페스트균처럼 스며들어가야 한다네. 정직은 아무 소용없다네. 타락은 제멋대로 날뛰고 있고 천재적 재능은 아무에게나 있는 게 아니야. 자네는 앞으로 남편이 고작 6,000프랑을 버는 데 제 몸치장에 1만 프랑 이상 쓰는 여자를 보게 될 걸세. 1,200프랑을 버는 월급쟁이가 넓은 땅을 사 모으는 것도 보게 될 걸세. 딸이 사치하느라 진 빚을 갚아주어야만 하는 바보 고리오 영감을 자네는 보았지? 그 딸의 남편 연 수입이 무려 5만 프랑인데! 파리는 이렇게 요지경이라네.

파리에선 두 걸음만 내디뎌도 지옥 같은 함정을 만나게 되어 있어. 그러니 정직해서는 안 돼. 정직한 사람은 파리에서는 공공의 적일 뿐이야. 그저 입 다물고 함께 나누어 먹는 게 상책인 곳에서 홀로 잘난 척하며 나눠 먹기를 거부한 사람이니 모두 적으로 여기는 게 당연하지. 자네는 우선 돈을 손에 넣어야 해. 파리에서 큰돈을 손에 넣는 방법은 간단하네. 제일 쉬운 건 이미 부자가 되어 있는 거야. 부자에게는 큰돈이 저절로 굴러 들어가니까. 또 한 가지 방법은 부자처럼 보이는 거라네.

이게 진짜 인생의 모습이야. 부엌보다 멋질 것 하나도 없어. 부엌만큼 고약한 냄새도 많이 나게 돼 있어. 음식을 훔쳐 먹고 싶으면 손을 더럽히는 수밖에 없어. 단지 손을 잘 씻는 법을 익

혀두면 돼. 그것만이 우리 시대의 도덕이야. 그 외엔 아무것도 없어.

내 말 알아들었으면 내 자네에게 아무도 거절 못 할 제의를 하나 하겠네. 나는 꿈이 있다네. 미국 남부 같은 데서 10만 에이커쯤 되는 커다란 영지를 마련해서 그야말로 대부족장 같은 삶을 사는 거야. 대농장 주인이 되어 노예들을 거느리고 소, 담배, 목재 들을 팔아서 100만 달러쯤 거뜬히 벌어들이고⋯⋯.

난 대단한 시인이야. 여기선 아무도 꿈꾸지 못하는 삶을 그리고 있으니까. 직접 시를 쓰지는 않지만 내 행동과 감정 속에 내 시가 녹아 있는 거야. 지금 내 수중에는 5만 프랑이 있다네. 흑인 노예 겨우 40명을 살 수 있는 돈이지. 난 20만 프랑이 필요해. 흑인 노예가 200명 정도는 돼야 족장처럼 살 수 있는 거 아닌가? 그 흑인 노예들을 밑천 삼아 10년 후면 나는 300만 내지 400만 프랑을 벌게 될 거야. 내가 성공한다면 아무도 내게 내가 누구냐고 묻지 않게 될 거야. 나는 400만 프랑의 사나이가 되는 거고, 미합중국 시민이 되는 거지. 자, 내가 자네에게 100만 프랑의 돈을 안겨준다면 자네는 내게 20만 프랑을 줄 텐가? 겨우 커미션 20퍼센트일 뿐이야."

보트랭의 청산유수 같은 말솜씨에 외젠은 귀가 솔깃해서 물었다.

"제가 어떻게 해야 되는데요?"

"별로 해야 할 일도 없어."

드리운 낚시에서 입질을 받은 낚시꾼처럼 은근한 기쁨을 내보이면서 보트랭이 말했다.

"자, 잘 듣게. 박복하고 비참한 여자의 마음처럼 사랑의 감정이 스며들기 쉬운 건 없다네. 물 한 방울만 떨어지면 즉시 부드럽게 풀어지는 스펀지 같지. 지금 현재 절망에 빠져 있고 가난하게 지내는 젊은 처자에게 구혼을 하는 거야. 자기 처지가 너무 비참해서 제 손에 거금이 들어오리라고는 꿈에도 생각하지 못하는 여자이지. 당첨 번호를 미리 알고 복권을 사는 거나 마찬가지야. 수백만 프랑이 그 처자 손에 들어오면 그녀는 그 돈을 발로 차서 자네에게 던질 걸세. 무슨 대단히 힘든 일을 하라는 것도 아니야. 저녁이면 함께 코미크 극장에 가고, 낡은 옷을 팔아서 제법 좋은 음식점에 가서 버섯 요리를 먹는 정도야. 파리는 신대륙의 숲과 같다네. 자네는 100만 프랑을 사냥하는 사냥꾼이고 그 돈을 손에 넣으려고 덫, 피리, 끈끈이 등을 사용하는 것과 같아. 사냥에 성공하고 포획물을 푸짐하게 잡아서 돌아오면 모두 축하 인사를 하지. 그리고 고품격 상류사회에 들어갈 수 있게 되지. 파리만이 그런 파렴치한 행위를 축하해주며 건배해주는 곳이라네. 다른 도시에서는 자부심 강한 귀족들이 백만장자를 자기들과 같은 급으로 인정해주지 않거든."

"그런데 그런 여자를 어디서 찾지요?" 외젠이 물었다.

"자네 가까이 있지 않나? 바로 자네 앞에 말일세."

"빅토린 양 말인가요?"

"눈치가 빠르군. 바로 그 처녀야."

"아니, 어떻게!"

"그 여자는 이미 자네를 사랑하고 있어. 그녀는 이미 장래의 라스티냐크 남작 부인이야!"

"하지만 그녀는 수중에 돈이 한 푼도 없는데요."

"아, 겉보기엔 그렇지. 빅토린의 아버지 타유페르는 대혁명 기간 동안에 친구 한 사람을 죽였다는 소문이 돌고 있는 늙은 폭력배라네. 사람들의 평판 따위는 상관도 안 하는 호걸이지. 그는 은행가이자 타유페르 주식회사의 대표야. 그에게는 아들이 하나 있는데 딸을 제쳐두고 그에게 모든 재산을 물려주려고 해. 나는 그런 불의가 싫어. 나는 마치 돈키호테 같아서 강자에 대항해 약자를 보호해주는 것을 즐겨.

만일 하느님의 뜻으로 그의 아들이 하느님 곁으로 가게 된다면 타유페르는 딸을 다시 찾게 될 거야. 그는 어쨌든 자기 유산 상속자를 원하고 있거든. 그는 이제 나이가 들어서 자식을 얻을 수 없다네. 빅토린은 참으로 순하고 착한 아가씨 아닌가? 그녀는 아버지를 팽이 돌리듯 칭칭 감아서 애정의 채찍으로 계속 돌아가게 만들 걸세. 그녀는 부자가 되어도 절대 자네를 잊을 사람이 아냐.

내가 하느님 역할을 대신 맡겠네. 신의 섭리를 대신 행하는 거지. 내게 친한 친구가 하나 있어. 군 대령 출신으로 최근에는 왕실 근위대에 근무하고 있지. 내가 말 한 마디만 하면 예수 그리스도를 다시 십자가에 못 박을 사람이야. 내 말 한 마디면 그 오빠라는 한심한 인간이 먼저 시비를 걸어오게 만들 수 있는 사람이야."

보트랭은 갑자기 자리에서 일어나더니 검을 휘두르고 찌르는 시늉을 해보이며 말했다.

"시커먼 어둠 속으로 보내버리는 거야!"

외젠이 놀란 표정을 지으며 말했다.

"무슨 그런 끔찍한 소리를! 지금 농담하시는 거죠?"

"이봐, 어린아이 같은 소리 하지 마. 차라리 화를 내며 길길이 날뛰는 게 낫지. 나보고 불량배, 강도라고 욕해도 좋아. 하지만 나를 사기꾼이나 스파이라고 부르지는 마. 자, 맘대로 욕을 퍼부어보라고. 난 자네를 용서할 테니. 자네 나이에는 너무도 당연하지. 하지만 난 믿음이니 소망이니 사랑이니 이런 거 믿지 않아. 그런 이름으로 온갖 파렴치한 행위들이 이 지붕 저 지붕 밑에서 마구 행해지고 있는데 어떻게 그걸 믿어? 하룻밤에 순진한 사람의 전 재산을 후려낸 말끔한 신사에게는 징역 2개월을 선고하면서 형편이 너무 어려워 1,000프랑짜리 지폐 한 장을 훔친 자는 왜 더 오래 징역을 살아야 하지? 내가 자네에게 제안하는 일과 언젠가 자네가 법관이 되어 하게 될 일은 단지 손에 피를 묻히느냐 아니냐의 차이밖에 없는 거야.”

“그만하시지요. 이제 더 이상 듣고 싶지 않습니다.”

“좋을 대로 하게나, 젊은 친구. 난 자네가 좀 더 강한 사람인 줄 알았는데. 이제 더 이상 아무 말 않겠네. 하지만 한 가지…….”

그는 외젠을 뚫어지게 바라보았다.

“자네는 내 비밀을 알게 되었다는 거지.”

그러자 외젠이 말했다.

“당신 같은 사람을 거부할 줄 아는 젊은이는 그 비밀을 잊을 줄도 압니다.”

"좋았어. 어쨌든 보름의 여유를 주겠네. 잘 생각해보게. 받아들이거나 없던 일로 거절하거나 자네 마음대로야."

보트랭과 헤어져 방으로 돌아온 외젠은 혼란스러웠다. 자신이 출세 명목으로 결국 누이들의 돈을 훔친 것이 아닐까 하는 생각도 들었고, 부자가 되려고 하는 것, 출세하고자 하는 것이 거짓말쟁이가 되어 굴복하고 아첨하는 삶을 받아들이는 것 아닌가 생각되어 괴로웠다. 결국 그들의 공범이 되는 게 아닌가 하는 생각까지 들었다. 그는 비장하게 결심했다.

'아니야, 나는 고귀하고 거룩하게 일하고 싶어. 오직 내가 일한 대가로만 돈을 벌 거야.'

하지만 다시 보트랭의 말이 귀에 울리며 그를 괴롭혔다.

'제길, 아무것도 생각하고 싶지 않아. 내 마음이 이끄는 대로 하면 돼. 내 마음은 아직 순결하니까. 그 이상 좋은 길잡이는 없는 거야.'

그가 이런저런 생각에 잠겨 있을 때였다. 뜻밖에 고리오 영감이 그의 방으로 들어서더니 말했다.

"젊은이, 내게 누싱겐 부인이 드나드는 집들을 알고 싶다고 했지?"

라스티냐크가 기회를 봐서 전에 고리오 영감에게 넌지시 물어보았던 것이다.

"예!"

"그 애가 오는 월요일에 카릴리아노 원수가 주최하는 무도회에 간다오. 당신이 거기에 갈 수만 있다면 내 두 딸을 볼 수 있을 거요. 거기 가보고 내 딸들이 즐겁게 지냈는지, 옷은 어떻게 입었는지 모두 내게 들려주오."

"글쎄요, 제가 갈 수 있을지 모르겠어요. 보세앙 부인에게 가서 원수 부인께 저를 소개해주실 수 있는지 물어봐야겠네요."

외젠은 옷을 멋지게 차려입고 자작 부인의 집에 갈 구실이 생기자 내심 기뻤다. 그는 옷을 입고 장갑을 끼고 신발도 제대로 신었다. 그러자 조금 전의 비장하던 결심이 어디론가 사라졌다. 나이가 지긋한 사람이라면 몰라도 한창나이의 청년은 일단 불의 쪽으로 마음이 기울게 되면 그걸 바로잡아줄 정의의 거울은 흔적도 없이 사라지는 법이다.

어쨌든 고리오 영감과 외젠 사이에는 이전과 다른 친밀한 감정이 흘렀다. 사람은 자신이 사랑을 받고 있음을 느낌으로 아는 법이다. 고리오 영감은 이 대학생이 가슴속으로 자신을 동정하고 존경하는 것을 느꼈으며, 소년처럼 순수하게 자신과 공감하고 있음을 느꼈다.

영감이 외젠에게 말했다.

"이봐요, 학생. 당신이 내 이름을 입 밖에 올렸다고 해서, 내 딸 레스토 부인이 화를 냈다고 했지? 잘못 생각한 거요. 내 두 딸은 나를 매우 사랑하오. 난 행복한 아버지라오. 다만 두 사위가 내게 좀 못되게 굴었을 뿐이지. 나는 딸아이들과 남편 사이가 나빠지는 걸 원치 않았을 뿐이오. 나는 몰래 내 딸들을 보며 기쁨에 젖는다오. 내 주변에서 내 딸을 보고 '참 미인이네' 하는 소리가 들리면 내 마음은 정말 기쁨에 젖는다오. 그 애들은 내 핏줄 아니오? 나는 딸들이 무릎에 안고 있는 강아지처럼 되고 싶다오. 그런데 왜 나한테 사람들이 이러쿵저러쿵하는지 모르겠소. 나는 내 방식대로 행복할 뿐인데. 제발 내게 내 딸 이야기를 할 때는 내 딸들이 얼마나 착한지, 그런 이야기만 해주시오. 그리고 내 두 딸을 보게 된다면 내 두 딸 중에 어느 쪽이 더 마음에 드는지 내게 말해주시오."

노인과 헤어져 집을 나선 외젠은 보세앙 부인 집에 갈 시간이 될 때까지 튈르리 공원을 산책했다. 이 산책이 외젠에게는 운명의 산책이었다. 그는 너무도 잘생기고 젊었으며, 멋지고 고상하게 차려입고 있었다. 사람들이 모두 감탄하며 그를 주목했다. 그러자 그는 더 이상 누이들 생각이나 빈털터리가 된 고모 생각을 하지 않게 되었다. 마음속 덕성이 그를 제지하지도 않았다. 그는 자기 머리 위로 악마가 지나가는 것을 본 것 같았다. 사람들이 자칫 천사로 착각하기 쉬운 악마! 알록달록한 날개를 단 사탄은 그에 홀린 사람 눈앞에 보석을 흩뿌리고 황금화살을 쏘아 보내는 법이다. 악마는 여자들을 들뜨게 만들고 지극히 단순하고 소박한 왕관에 찬란한 광채를 덧씌우는 법이다. 외젠은 허영의 신에게 귀를 기울였다. 그 허영의 신과 함께 보트랭의 냉소적 이야기들이 그의 마음속에서 꿈틀거렸다.

여기저기 쏘다니던 외젠은 5시쯤 되어 보세앙 부인 집으로 갔다. 그런데 놀랍게도 보세앙 부인이 그를 쌀쌀맞게 대했다. 그리고 딱 끊는 어조로 이렇게 말했다.

"라스티냐크 씨, 당신을 만날 수가 없어요. 적어도 지금은요! 볼일이 좀 있거든요."

외젠은 카릴리아노 공작 부인의 무도회에 가야 한다는 목표가 있었기에 꾹 참고 떨리는 목소리로 말했다.

"부인, 중요한 일이 아니라면 이렇게 찾아와서 부인께 결례를 하지 않았을 겁니다. 제발 잠시만이라도 부인을 뵐 수 있도록 허락해주세요. 기다리겠습니다."

자기가 너무 심했다 싶었는지 보세앙 부인이 어조를 누그러뜨리며 말했다. 전에도 말했듯이 그녀는 심성이 고운 여자였다.

"그럼 좋아요. 이따가 와서 나랑 저녁 식사 함께 해요."

외젠은 그녀가 금방 태도를 바꾼 것이 고마웠다. 하지만 동시에 그는 아주 중요한 사실을 확인할 수 있었다. 그는 속으로 생각했다.

'이거, 뭐, 설설 기는 수밖에 없잖아. 한순간에 나를 헌신짝처럼 내버릴 수도 있잖아. 그래도 참아야 해. 내가 안아서 앞가림을 해야 해. 좋아! 그녀를 이용하는 게 나쁜 짓도 아니야. 보트랭 말처럼 나 스스로 대포의 포탄이 돼야 해.'

그는 밖에서 어슬렁거리다가 저녁이 되자 자작 부인의 집으로 다시 찾아갔다. 보세앙 부인은 그를 평소처럼 상냥하고 우아하게 대했다. 두 사람은 자작이 미리 앉아 기다리고 있는 식탁으로 갔다. 보세앙 자작은 세상 맛 다 본 사람들이 대개 그러하듯이 이제는 미식의 낙 외에는 별 낙이 없었다. 따라서 식탁은 화려하기 그지없었다. 이런 권세가 집에서 처음 식사를 해보게 된 외젠에게 이렇게 화려한 식탁은 처음이었다. 그는 이런저런 생각에 잠겨 식탁에서 아무 말도 하지 않았다. 속으로는 그 초라한 하숙집을 1월이면 옮겨야겠다고 생각하고 있었다.

'그 큰 손으로 내 어깨를 턱 짚고 있는 것 같은 보트랭에게서 도망치기 위해서라도 하숙을 옮겨야 해'라고 그는 속으로 생각했다.

그가 이런저런 생각에 잠겨 있는데 자작 부인이 남편에게 묻는 소리가 들렸다.

"오늘 저녁, 이탈리아 극장에 데려다주지 않을래요?"

"정말 그러고 싶소만, 나는 바리에테 극장에서 만나볼 사람이 있소."

'누군 누구겠어. 애인이겠지, 뭐'라고 부인은 속으로 중얼거렸다.

자작이 부인에게 물었다.

"오늘 저녁에 당신 다주다 씨와 약속이 없나보구려."

"없어요."

그녀가 좀 쌀쌀맞게 대답했다.

"그래! 당신이 팔짱 낄 사람이 없다면 라스티냐크 씨와 함께 가지 그러오."

자작 부인이 미소를 지으며 외젠을 바라보았다.

"그렇게 되면 당신이 남들 입에 오르내릴 텐데 괜찮겠어요?"라고 그녀가 말했다.

외젠이 재치있게 대답했다.

"'프랑스 남자는 위험을 좋아한다. 위험 속에서 영광을 찾을 수 있기 때문이다'라고 샤토브리앙이 말했지요."

잠시 후 그는 마차 안 보세앙 부인 곁에 앉아 극장으로 가고 있었다. 그리고 무대를 정면으로 바라보는 좌석에 앉는 영광을 차지했다. 아름답게 치장한 부인들이 오페라글라스를 들고 경쟁적으로 자기를 쳐다보고 있는 것을 알고 이게 꿈인가 생시인가 싶었다. 보세앙 부인이 그에게 충고하듯 말했다.

"나한테 다정하게 말을 걸어야 해요. 아, 저기 누싱겐 부인이 우리 좌석에서 조금 떨어진 곳에 앉아 있어요. 그 언니하고 트라유 씨는 다른 자리에 앉아 있네요."

그런 말을 하면서 자작 부인은 로슈피드 양이 앉아 있는 좌석을 바라보았다. 그리고 그 옆에 다주다 씨가 없는 것을 보고 얼굴이 밝아졌다.

외젠은 누싱겐 부인에게 시선을 집중했다. 아름다웠다. 델핀드 누싱겐도 그가 자신을 바라보고 있는 것을 알았다. 그녀 입장에서는 보세앙 부인의 젊고 잘생긴 친척 동생이 자기에게 관심을 보이고 있다는 것이 여간 으쓱한 일이 아니었다. 보세앙 부인이 은근히 외젠에게 핀잔을 주었다.

"라스티냐크, 당신이 그렇게 그녀만 바라본다면 금방 소문이 나게 돼요. 그렇게 되면 어떤 일에도 성공할 수 없어요."

"누님, 이제까지 저를 잘 돌봐주셨지요. 이제 한 가지만 더 도와주세요. 저는 벌써 반했거든요."

"벌써?"

"예."

"아니, 저 여자한테?"

"누님, 부탁이 있어요. 저를 카릴리아노 공작 부인에게 소개해주세요. 그리고 월요일에 그분 댁에서 열리는 무도회에 저를 데려가주세요. 거기서 누싱겐 부인에게 작업을 걸 겁니다."

그러나 그때까지 기다릴 필요도 없었다. 일이 즉석에서 풀린 것이다.

보세앙 부인이 외젠에게 말했다.

"좋아요, 기꺼이 도와주지요. 어머, 저기 갈라티온 공주 좌석에 드 마르세가 함께 앉아 있네. 누싱겐 부인의 애인인데…….. 누싱겐 부인이 어지간히 화가 나 있겠네. 이보다 더 좋은 기회는 없어요. 일이 잘 풀릴 것 같아요. 은행가 사람들은 복수를 좋아하거든요."

그때였다. 다주다 후작이 보세앙 부인 좌석에 나타났다. 마침

연극 첫 막이 끝났을 때였다. 보세앙 부인이 후작에게 말했다.

"당신 누싱겐 부인과 잘 아는 사이지요? 당신 그녀에게 라스티냐크 씨를 소개해주실 수 있어요?"

후작이 물론이라고 대답한 후 외젠의 팔을 잡고 눈 깜짝할 사이에 누싱겐 부인 곁으로 갔다. 라스티냐크는 그저 끌려갈 수밖에 없었다. 누싱겐 부인 곁으로 간 후작이 그녀에게 말했다.

"남작 부인, 외젠 드 라스티냐그 기사님을 소개해드리게 되어 영광입니다. 이분은 보세앙 자작 부인의 친척 동생입니다. 이분이 부인에게 아주 좋은 인상을 받은 모양입니다."

약간 빈정거리는 투였지만 여자를 결코 기분 나쁘게 만들지 않는 교묘한 말투였다. 그러거나 말거나 외젠은 상관하지 않았다.

누싱겐 부인은 미소를 짓더니 외젠에게 방금 나간 남편 자리에 앉으라고 권했다. 외젠을 부인에게 소개한 후 후작은 보세앙 부인 곁으로 돌아갔다.

자리에 앉은 외젠에게 부인이 말했다.

"제 옆에 계속 앉아 계셔도 되겠어요? 보세앙 부인 곁에 계시는 게 좋다면 그리로 가시는 게……."

"아닙니다. 제가 여기 있기를 그분이 원하십니다."

"그렇다면 좋아요. 언니에게 당신 이야기는 들었어요. 언니인 레스토 부인이 당신을 무척 보고 싶어 한다고 말하더군요."

"그렇다면 정말 이중적인 분이군요. 그분은 저를 문밖으로 내치신 후 더 이상 만나지 않으려 했는데요."

"도대체 그게 무슨 말씀이신지?"

"부인, 부인 앞이니 솔직히 다 말씀드리지요. 저는 부인의 아버님과 같은 집 옆방에 삽니다. 레스토 부인이 따님인 줄 몰랐습니다. 그래서 조심성 없이 아무렇지도 않게 영감님 이야기를 했고 레스토 부부를 화나게 했습니다. 보세앙 부인께 그 이야기를 했더니 세상에 그런 불효가 어디 있느냐고 화를 내시더군요. 보세앙 부인은 레스토 부인과 부인을 비교하면서 부인을 칭찬했습니다. 그리고 부인이 아버님께 정말 잘해주신다는 이야기도 하더군요.

오늘 아침에도 영감님과 저는 두 시간 동안 부인 이야기를 했답니다. 영감님이 딸들을 얼마나 사랑하시는지 제가 질투가 날 지경이었습니다. 오늘 저녁에 제 누님과도 부인 품성에 대해 이야기를 나누었고요. 보세앙 부인이 부인 칭찬을 많이 했습니다."

"정말로 감사드려야겠네요. 우리는 금세 좋은 친구가 되겠어요."

"우정도 아주 고결한 감정이지요, 하지만 저는 결코 부인의 친구가 되고 싶지는 않습니다."

초심자들도 흔히 써먹는 이런 판에 박힌 말이 여자들에게 언제나 매혹적으로 들리는 것을 보면 여자들은 정말 어리석다고 하지 않을 수 없다. 말로 할 때면 정말 그럴듯한 이런 내용도 글로 썼을 때는 그 초라한 모습이 훤하게 드러나는 법이다.

이후 누싱겐 부인과 외젠은 더 많은 이야기를 나누었다. 부인은 아버지를 사랑한다는 판에 바친 말을 했고 외젠은 부인을 향해 감미로운 말을 늘어놓았다. 누싱겐 부인은 갈라티온 공주의 좌석을 떠나지 않고 있는 전 애인 마르세 씨를 가끔씩 바라보면서 외젠에게 미소를 지었다. 외젠은 부인의 남편이 부인을 데려가려고 찾아올 때까지 곁에 함께 있었다. 그는 그들 부부와 헤어지면서 카릴리아노 공작 부인 무도회에서 만나자는 약속까지 했다.

외젠은 자리에서 일어나며 자신의 작업이 잘 되어가고 있다고 확신했다. '저를 사랑해주시지 않겠습니까?'라고 낯 뜨거운 이야기를 했는데도 부인은 전혀 당황하지 않았던 것이다.

하숙집으로 돌아온 외젠은 고리오 영감의 방문을 쾅쾅 두드렸다.

"영감님, 영감님! 제가 델핀 부인을 뵈었어요."

"어디서?" 영감이 문을 열어주며 눈이 휘둥그레져서 물었다.

"이탈리아 극장에서요."

외젠은 영감의 방 안으로 들어갔다. 외젠이 들어오자 영감은 다시 침대에 누웠다.

"자, 내 딸 이야기를 해줘."

외젠은 영감의 방에 처음으로 들어가본 것이었다. 그 방으로 들어간 외젠은 너무 기가 막혔다. 방금 만나고 온 딸의 모습과 대조되어 방 안의 광경이 너무나 비참할 정도로 누추했던 것이다. 영감의 모자가 놓여 있는 볼품없는 사무용 책상, 짚을 넣은 푹 꺼진 의자, 그리고 역시 낡아빠진 의자 두 개, 이것이 이 비참한 방에 있는 가구의 전부였다. 지붕 밑에 사는 하인의 방이라 할지라도 이보다 더 누추할 리는 없을 것 같았다.

그의 표정을 보았는지 못 보았는지 영감은 딸 이야기를 재촉했다.

"그래, 레스토 부인과 누싱겐 부인 둘 중에 누가 더 마음에 드오?"

"저는 델핀 부인이 더 좋더군요. 그분이 영감님을 더 사랑하니까 말입니다."

그 말을 듣자 영감은 고맙다며 외젠의 손을 꼭 잡았다.

외젠은 누싱겐 남작 부인이 했던 말을 좋게 꾸며서 다시 해주었다. 그러자 노인은 마치 하느님의 말이라도 듣는 듯 귀를 기울였다. 영감이 기쁜 얼굴로 물었다.

"그래 옷은 잘 입었습디까?"

"예, 그런데 영감님, 그렇게 잘사는 딸들을 두셨으면서 어떻게 이렇게 누추한 곳에 사실 수 있어요?"

"아니, 이보다 더 나은 데 살면 뭐하려고? 당신에겐 설명하기 어려워. 요컨대 이거야. 내 인생은 내 두 딸에게 있다, 이거란 말이요. 딸들만 따뜻하면 나는 춥지 않아요. 딸들이 웃으면 나는 하나도 지루한 게 없어. 내게 슬픔이 있다면 그건 오로지 딸들이 슬플 때뿐이라오. 자식이 행복해질수록 더 행복해지는 것, 이런 건 설명 못 해요. 학생도 나중에 알게 될 거요.

아마, 이건 이해할 거야. 나는 아버지가 되고서야 진정으로 하느님을 이해할 수 있게 되었다오. 저렇게 사랑스러운 딸들을 이 세상에 보내신 하느님을 어찌 믿지 않을 수 있겠소? 다만 나는 하느님이 세상을 사랑하는 것보다 더 내 딸들을 사랑해요.

이봐요. 내 사랑스런 딸을 행복하게 해주는 사람이라면 나는 그 사람 신발도 닦아주고 그 사람 심부름도 다 해줄 수 있소.

그 아이 하녀를 통해 그 마르세라는 사람이 못된 개 같은 사람이라는 것도 알게 되었소. 그놈 목을 비틀어버리고 싶은 생각까지 들었다니까. 그렇게 예쁜 내 딸을 사랑하지 않다니!"

외젠의 눈에 고리오 영감이 숭고해 보였다. 고리오 영감은 환하게 빛나고 있었다. 그를 빛나게 한 것은 타오르는 부성애 바로 그것이었다. 이 순간 영감의 목소리에는 위대한 배우가 보여주는 몸짓 같은 것이 있었다. 우리의 아름다운 감정이라는 것도 알고 보면 의지의 시적 표현이 아니겠는가?

"영감님, 그 마르세라는 분과 따님이 헤어져도 화를 내시지 않겠네요. 그 멋쟁이는 따님 곁을 떠나 갈라티온 공주에게 붙었답니다. 대신 제가 오늘 따님에게 푹 빠졌습니다."

"설마."

"사실입니다. 따님도 제가 싫지는 않은 것 같아요. 한 시간 동안이나 사랑 이야기를 했는 걸요. 토요일 오후에 따님을 만나러 가기로 했습니다."

"오, 당신이 그 애 마음에 든다면 나도 당신이 너무 좋아질 거요. 당신은 착하니 그 애를 절대로 괴롭히지 않을 거요. 만약 그 애를 배신한다면 내가 당신 목을 잘라버릴 거요. 한 여자는 두 남자를 사랑하지 않는 법이라오. 그나저나 딸아이가 나에 대해서는 무슨 소리를 하던가요?"

'아무 말도 없었는데'라고 외젠은 속으로 생각했다. 하지만 큰 소리로 이렇게 대답했다.

"따님이 사랑하는 아버지께 입맞춤을 보낸다고 하더군요."

"잘 가요, 옆방 총각. 잘 자요. 그리고 좋은 꿈 많이 꿔요. 오늘 저녁은 당신이 내 천사였다오. 내 딸의 사랑을 내게 전해주었으니 말이오."

다음 날 아침 식사 때 고리오 영감은 시타에서 외젠 옆에 앉았다. 어제 대화 이후로 영감은 외젠을 말동무로 생각하게 된 것이었다. 이 노인이 타인과 맺은 유일한 관계였다.

노인이 외젠을 바라보는 애정의 눈길과 다정한 몇 마디 말에 사람들이 모두 놀랐다. 석고 가면 같았던 영감의 얼굴이 확 달라져 있었다. 보트랭은 지난번 이야기를 나눈 후 외젠의 마음속을 다 읽어내려 애쓰는 것 같았다. 외젠은 마치 높은 덕을 갖춘 청년이 부유한 상속녀를 바라보듯 빅토린을 쳐다보았다. 우연히도 두 사람의 눈길이 마주쳤다. 가여운 처녀는 새 옷을 입은 외젠의 모습이 무척 멋지다고 생각했다. 그녀가 그에게 보내는 눈길이 예사롭지 않았다. 외젠은 자기가 저 처녀의 욕망의 대상임을 어렵지 않게 눈치챌 수 있었다. 순진한 처녀들이란 처음 만난 매혹적인 남자에게 마음이 기울게 되어 있는 법이다. 외젠에게는 '100만 프랑이야!'라는 외침이 들리는 것 같았다. 하지만 그는 간밤의 기억을 떠올렸다. 누싱겐 부인을 향한 진실한 열정만이 이런 불순한 생각을 제거할 수 있는 해독제 구실을 할 수 있을 것이라고 그는 생각했다. 하지만 그가 흔들리고 있는 것은 부인할 수 없었다.

라스티냐크는 학교로 갔다. 하지만 그는 하루 종일 빈둥대며 돌아다녔다. 보트랭이 했던 논리정연한 말이 자꾸 생각났고, 파리 사회에 대해 다시 한 번 곰곰이 생각하게 되었다. 그러다가 뤽상부르 공원에서 친구 비앙숑을 만났다. 보케 하숙에서 저녁을 함께 하는 의대생으로서 외젠의 가장 친한 친구였다.

"왜 그렇게 심각한 얼굴을 하고 있는 거야?" 비앙숑이 외젠의 팔을 잡고 뤽상부르 궁전으로 끌고 가면서 말했다.

"옳지 않은 생각이 나를 괴롭히고 있어."

"무슨 나쁜 생각인데? 아무리 나쁜 생각이라도 다 좋아지게 마련이야. 그냥 굴복하는 게 상책이야."

"무슨 일인지도 모르면서 농담을 하는군. 자네 루소는 읽어 봤어?"

"그럼."

"루소가 독자에게 이렇게 물었던 것 기억나? '만약 파리에 꼼짝도 않고 있으면서 오로지 생각만으로 저 멀리 떨어진 중국의 늙은 관리를 죽이고 부자가 될 수 있다면 당신은 어떻게 하겠는가?'라고 독자에게 물었지. 자네라면 어떻게 하겠나?"

"나는 지금 벌써 서른 명째 죽이고 있는 중인데……."

"제발 농담하지 말고. 자, 만약 그런 일이 정말 가능하고, 고개 한 번 까딱해서 그런 일이 벌어질 수 있다면 자네는 할 거야?"

그제야 비앙숑이 진지하게 대답했다.

"자네 그걸 말이라고 하나? 절대 안 되지. 그 관리가 정말 늙어서 곧 죽을 지경이라면 모를까. 아니야, 늙었건 젊었건, 건강하건 병 걸렸건 그런 건 절대 안 되지."

"아아, 자네는 좋은 친구야. 하지만 만일 자네가 어떤 여자에게 푹 빠져 있다면? 그녀가 원하는 것을 해주기 위해 돈이 필요하다면? 또한 내 천사 같은 누이동생들에게 20만 프랑씩 지참금을 안겨주고 싶을 만큼 그 애들을 사랑한다면? 인생에는 크게 한 번 걸어봐야 하는 상황이 있는 거 아닐까?"

"이보게, 그런 건 인생 초입에서는 누구나 갖게 되는 질문이야. 그건 정말로 풀기 어려운 매듭 같은 거야. 단번에 해결될 수 있는 문제가 아니야. 알렉산드로스 대왕이라면 모를까, 보통 사람이 그랬다가는 감옥에 가게 돼 있어. 난 말이야, 시골에서, 아버지 뒤를 이어 바보같이 그럭저럭 살아가는 평범한 생활이 행복하다네. 나폴레옹이라고 저녁 식사를 두 번 했겠나? 이보게, 한 달에 100만 프랑을 쓰건 1,000프랑을 쓰건 우리 마음속에서 느끼는 행복은 똑같아. 나는 그 중국인을 살려주겠네."

"고마워, 비앙숑, 자넨 날 도와준 거야. 자네는 정말 좋은 친구야."

"그런데 말이지, 방금 마드무아젤 미쇼노와 푸아레 씨를 봤어. 둘이 어떤 남자와 벤치에 앉아 있더군. 겉으로는 연금으로 사는 평범한 사내 같지만 아무리 봐도 경찰관이 가장한 것 같았어. 두 늙은이를 잘 살펴볼 필요가 있겠어. 안녕, 난 이제 4시 수업에 들어가야겠어."

외젠이 하숙집으로 돌아오니 고리오 영감이 그를 기다리고 있다가 편지를 내밀었다. 외젠은 봉투를 뜯어 편지를 읽어보았다.

안녕하세요. 저희 아버지께서 당신이 이탈리아 음악을 좋아한다고 하시더군요. 극장 제 지정석에 오셔서 함께 관람하시지 않으시겠어요? 토요일에 포도르와 펠레그리니 공연이 있답니다. 남편 누싱겐 씨는 우리 부부와 함께 저녁 식사를 하자고 당신을 초대했어요. 당신이 극장에 오시겠다고 허락해주시면 남편은 정말 고마워할 거예요. 저와 동행해야 하는 남편으로서의 고역을 면하게 되는 셈이니까요. 답장 없이 그냥 오시면 돼요.

D de N

외젠은 속으로 생각했다.

'여자가 이런 식으로 매달리는 건 정상이 아니야. 뭔가 이상해. 나를 이용해 마르세 씨를 돌아오게 하고 싶은 걸 거야. 분한 마음에 이런 짓도 하는 거지. 그렇다고 피할 건 없지.'

남자들의 마음이란 이상한 것이다. 아마 그녀가 외젠을 깔보듯이 대했다면 그의 정열은 더 불타올랐을 것이다.

토요일이 되자 외젠은 생라자르 거리에 있는 누싱겐 부인 집으로 갔다. 은행가의 저택답게 대리석으로 된 값비싼 실내 장식들이 화려하게 들어서 있었다. 그는 작은 살롱으로 안내되었다. 그 방에 누싱겐 부인이 있었다.

남작 부인은 슬픈 표정이었다. 그녀는 슬픔을 감추려고 애썼다. 그것이 더 외젠의 관심을 끌었다. 그는 자기가 그녀의 슬픔을 덜어주기 위해 할 수 있는 역할이 아무것도 없다는 사실에 자존심이 상했다. 자기가 옆에 있다는 것만으로도 여자들을 즐겁게 해줄 수 있다는, 잘생긴 젊은이의 치기어린 자신감에 차 있던 그로서는 당연했다.

그가 누싱겐 부인에게 말했다.

"부인께 속마음을 털어놓으라고 할 권리는 제게 없겠지요. 제가 여기 있는 게 귀찮으신가요? 그렇다면 솔직히 말씀해주세요. 그냥 가버릴까요?"

"제발 가지 마세요. 당신이 가버리면 저 혼자 있어야 해요. 남편은 오늘 밖에서 식사를 한답니다. 저는 혼자 있고 싶지 않아요. 제게는 기분전환이 필요해요. 우리 함께 저녁을 먹어요. 그런 후 멋진 이탈리아 음악을 들으러 가요. 제가 당신 스타일이긴 한가요?"

그녀가 자리에서 일어나 더없이 우아하고 호사스러운 흰색의 캐시미어 드레스를 보이며 말했다.

"부인이 저의 전부라면 얼마나 좋을까요. 부인은 정말 매력적입니다."

"만일 그렇게 된다면 당신은 슬픔에 빠진 여자를 소유하게 되는 셈이에요. 겉모습과 달리 나는 절망에 빠져 있거든요. 슬픔 때문에 잠도 못 자요. 제 모습도 곧 추해질 거예요."

"오, 그럴 리가! 제 사랑으로도 지워버릴 수 없는 그 고통이 대체 무엇이란 말입니까? 제게 말씀해주세요."

"안 돼요. 내가 그걸 털어놓으면 당신은 나를 멀리하게 될 거예요. 우리 제발 다른 이야기를 해요."

외젠은 누싱겐 부인 곁에 앉으면서 부인의 손을 힘차게 잡아주었다. 그녀는 그가 하는 대로 내버려두더니 더 강하게 외젠의 손을 잡았다.

외젠이 그녀에게 말했다.

"부인, 만약에 가슴속에 슬픔을 간직하고 있다면 제게 털어놓으셔야 합니다. 제가 사랑하는 것은 지금 있는 그대로의 부인입니다. 고통을 제게 이야기해주시면 제가 당장 그 고통을 덜어드리겠습니다. 사람을 죽여야 하더라도 말입니다."

그러자 누싱겐 부인이 결심한 듯 말했다.

"좋아요. 지금 당장 시험해볼래요."

그 말을 하면서 그녀는 속으로 '그래, 이제 이 방법밖에 없어'라고 중얼거렸다.

그녀는 하인을 불러 마차를 준비하라 일렀다. 마차에 오르자 그녀는 마부에게 일렀다.

"팔레 루아얄, 테아트르 프랑세 근처로 가요."

가는 길에 그녀는 마음이 편치 않은 것 같았고 외젠이 아무리 질문을 해도 대답하지 않았다. 마차가 멈추자 그녀가 외젠에게 말했다.

"당신 정말 나를 사랑하시나요?"

"물론이지요."

"내가 당신에게 무슨 부탁을 하더라도 나를 나쁘게 생각하지 않을 거지요?"

"그럼요."

"당신 혹시 도박장에 가본 적 있나요?"

그녀가 떨리는 음성으로 물었다.

"한 번도 없습니다."

"어휴, 안심이에요. 그렇다면 당신은 운이 좋을 거예요. 처음에는 다 운이 좋은 법이니까요. 여기 내 지갑을 받아요. 100프랑이 들어 있어요. 그토록 행복하다는 내가 지닌 건 이게 다예요. 팔레 루아얄에 도박장이 있다고 들었어요. 룰렛이라고 하는 게임에 이 돈을 다 걸어요. 다 잃어도 좋아요. 하지만 당신이 6,000프랑을 따서 내게 갖다주면 내가 왜 그렇게 슬퍼하는지

다 이야기해줄게요."

외젠은 도대체 그녀가 자신에게 왜 도박을 시키는지 그 이유를 도통 알 수 없어 답답했다. 하지만 이제 와서 그만둘 수도 없었다. 외젠은 물어물어 도박장을 찾아갔다. 도박장에 들어가 룰렛이 어디 있냐고 물어보았다. 도박장에 와서 그런 걸 묻다니, 사람들이 모두 이상하다는 듯 그를 쳐다보았다. 종업원이 그를 긴 탁자 앞으로 데리고 갔다. 사람들이 호기심에 외젠 뒤를 따랐다

외젠은 사람들에게 돈을 어디다 거는 거냐고 물었다. 부끄러워하지도 않았다. 머리가 허옇게 센 점잖은 노인이 그에게 친절하게 말해주었다.

"여기 서른여섯 개 번호 중에 한 군데 돈을 걸고 그 번호가 나오면 따는 거요. 서른여섯 배를 딸 수도 있지."

그는 자기 나이와 같은 숫자인 21에 100프랑을 모두 걸었다. 곧이어 함성이 터져 나왔다. 외젠은 자기도 모르는 새 돈을 딴 것이었다. 아까 그 노인이 얼른 돈을 챙겨 넣으라고 충고했다. 외젠은 3,600프랑을 자기 앞으로 거둬들인 후 이번에는 그 돈을 모두 빨간색 위에 놓았다. 이번에도 이겼다. 사람들이 모두 부러운 시선으로 그를 바라보았다. 이번에는 두 배 게임에서

이긴 것이었다. 직원이 그에게 3,600프랑을 더 얹어주었다. 그러자 아까 그 노인이 외젠의 귀에 대고 말했다.

"7,200프랑을 땄으니 이제 그만 해요. 빨간색이 벌써 여덟 번이나 나왔소. 당신이 인정 많은 사람이라면 내 조언에 감사하는 셈 치고 적선 좀 하시오."

외젠은 엉겁결에 그 노인에게 200프랑을 주었다. 그리고 7,000프랑을 챙겨서 밖으로 나왔다. 그리고 그것을 모두 누싱겐 부인에게 주었다. 델핀은 미친 듯 그를 껴안으며 입을 맞추었지만 열정이 담겨 있지 않다는 것을 외젠은 알 수 있었다.

"당신은 날 구해주었어요. 이제 모든 걸 다 말해주겠어요."
그녀는 눈물을 펑펑 쏟으며 말했다.

"당신은 이제 내 친구예요. 친구 맞지요? 그러니 다 말해줄게요. 당신이 보기에 나는 아무 부족함이 없어 보이지요? 그런데 누싱겐 씨는 내게 단 한 푼도 마음대로 쓰지 못하게 한답니다. 내가 쓰는 모든 비용을 그가 직접 지불해요. 나도 자존심이 있으니 애걸은 못 하죠, 70만 프랑을 가진 부자인 내가 어쩌다 이렇게 다 털린 건지……. 너무 자존심 상하고 분해요.

나는 내가 아껴 모아둔 돈과 가엾은 아버지가 마련해주신 돈을 조금씩 썼어요. 그러다 6,000프랑의 빚을 진 거고요. 가엾은 우리 아버지는 우리가 원하는 건 뭐든 안 된다고 한 적이 없었기에 그게 습관이 된 거지요. 나는 정말 불행한 결혼 생활을 하고 있어요. 누싱겐과 각방을 쓰기 망정이지 함께 지내야 한다면 나는 창문에서 뛰어내렸을 거예요.

마침내 나는 용기를 내서 남편에게 말했어요. 내가 가져온 지참금이 있지 않느냐, 내 몫의 재산이 있지 않느냐고. 그가 화를 버럭 내더군요. 끔찍하게 써대는 나 때문에 파산할 지경이라나요. 자기 애인을 위해서는 한 달에 6,000프랑 이상 쓰면서 내가 6,000프랑만 달라는데 화를 내다니…… 게다가 나를 아껴주는 척하던 사람도 내게 도움 하나 주지 않고 등을 돌렸어요. 당신도 이미 알고 있는 그 마르세 씨 말이에요.

아버지를 찾아간다는 것도 미친 짓이지요. 언니 아나스타지와 나는 아버지 목을 조른 셈이에요. 아버지는 아버지 목숨 값이 6,000프랑이 나간다면 목숨도 파셨을 분이에요. 당신은 나를 수치에서, 죽음에서 구해주신 거예요.

라스티냐크 씨, 이게 파리에 사는 여자들 중 절반의 모습이에요. 겉으로는 화려하지만 가슴 깊은 곳에는 근심 걱정이 도사리고 있지요. 지금 내 처지보다 더 불행한 여인들도 나는 많이 알고 있어요. 정을 주는 척하면서 남자들에 기대어 사는 여자도 많고 남편 돈을 슬쩍하는 여자들도 많아요. 하지만 나는 그 짓은 못 해요."

그녀는 눈물을 보이지 않으려고 두 손에 얼굴을 묻었다. 외젠은 그녀의 얼굴을 찬찬히 들여다보았다. 사랑에 빠진 남자에게 눈물을 흘리는 여자는 숭고해 보이는 법, 그는 그녀가 더없이 고결해 보였다. 외젠은 이 미인에게 부드럽게 위로의 말을 건넸다.

그러자 그녀가 그의 손을 잡더니 그 손을 자기 가슴에 갖다 대며 말했다.

"당신 정말 내 친구 맞지요? 나를 이상하게 보지 않겠지요? 자, 1,000프랑은 당신이 가져요. 나는 당신에게 3,000프랑 빚을 진 셈이에요. 6,000프랑을 당신과 둘이 나눈 것으로 생각하면 돼요."

외젠이 한사코 만류했지만 그녀가 그 돈을 안 받으면 적으로 생각하겠다고 하는 바람에 그는 1,000프랑을 받았다. 그러자 그녀가 다시 말했다.

"내가 당신 생각을 해주기를 원하지요? 그렇다면 다시는 도박장에 가지 않겠다고 맹세해요. 세상에! 내가 당신을 타락시키다니! 난 괴로워서 죽고 말 거예요."

이윽고 그들은 다시 남작의 집에 도착했다. 부인은 그의 팔짱을 낀 채 그를 집 안의 멋진 식당으로 데려갔다. 호사스러운 상이 차려져 있었다. 조금 전에 부인이 보이던 궁핍한 모습과 식탁의 풍요로움이 너무 대조를 이루고 있었다. 외젠의 귀에는 보트랭의 음울한 말들이 울리고 있었다.

그들에게 이날 저녁은 취할 듯 감미로웠다. 그들은 저녁을 한 후 부퐁 극장에서 손을 꼭 잡고 음악을 감상했다. 사람들이 수군거리는 것도 아랑곳하지 않았다. 그들은 월요일 낮 무도회에서 만나기로 하고 헤어졌다.

하숙집을 향해 달빛 속을 걸어가면서 외젠은 깊은 생각에 빠졌다. 그는 행복하면서 동시에 불만스럽기도 했다. 파리에서 가장 아름다운 여인 중 한 명을 그에게 안겨줄 수도 있을 사랑의 모험에 대해서는 행복했다. 하지만 자신의 출세 계획이 꼭 막히는 것 같아 불만스러웠다. 그와 동시에 미미한 존재로 가난한 채 이대로 살 수는 없다는 생각이 점점 더 굳어졌다. 그는 주머니에 들어 있는 1,000프랑짜리 지폐를 구겨 쥐었다. 그리고 그 돈을 어떻게 해야 할 것인지 이리저리 궁리했다.

보케 하숙에 도착한 그를 고리오 영감이 방에 불을 켜놓고 기다리고 있었다. 외젠은 그에게 아무것도 감추지 않고 다 이야기해주었다. 그러자 고리오 영감이 절망에 빠져 소리쳤다.

"아니, 딸들은 내가 파산한 줄 아는군. 내게는 아직 1,300프랑의 연금이 있단 말이야! 원 세상에! 가여운 것, 내게로 올 것이지! 내 연금 증서를 팔면 되는 것을! 원금에서 필요한 돈을 쓰고 나머지는 다시 싼 연금으로 돌리면 되는데. 총각, 그 애 어려운 걸 알았으면 당장 내게 와서 알려줘야지, 어떻게 불쌍한 그 애의 돈 100프랑으로 도박할 마음이 들었단 말이오?

그놈의 사위 놈! 사위 놈들이라는 건 다 그렇단 말이야! 내 손에 잡히면 그놈 목을 비틀어버릴 거야! 세상에! 이보오, 총각. 그 애가 울던가요, 그 애가 울더냐고?"

"제 조끼에 얼굴을 대고 울었습니다."

"오, 이 조끼에 그 애 눈물이 묻었단 말이지. 그 조끼를 벗어서 내게 줘요. 내가 다른 조끼를 사줄 테니. 오, 사랑하는 델핀, 어릴 때는 한 번도 울지 않던 그 애가 울다니! 「계약서」대로라면 그 애는 자기 재산을 마음대로 쓸 수 있어요. 내가 내일 당장 데르빌 변호사를 만나러 가야지. 난 법을 잘 알거든. 이래 봬도 난 늙은 늑대란 말이오. 정정하던 내 이빨을 되찾아야지."

외젠은 영감에게 1,000프랑을 건네주면서 조끼에 넣어서 잘 간직하라고 일렀다. 영감은 '외젠같이 정직한 사람은 세상에 없다, 그는 자기 자식과 같다'며 감격해했다.

다음 날 라스티냐크는 보세앙 부인 집 무도회에 갔다. 보세앙 부인은 거기서 카릴리아노 공작 부인에게 그를 소개해주었다. 그리고 월요일에는 카릴리아노 공작 부인의 집 무도회에 갔고 공작 부인의 환대를 받았다. 그 무도회에는 누싱겐 남작 부인도 있었으며 그녀는 외젠에게 잘 보이고 싶어서 모든 이들의 눈에 띨 만한 치장을 하고 왔다. 보세앙 부인의 친척인데다 이미 누싱겐 부인을 정복하는 데 성공한 그를 모든 젊은이들이 부러운 듯이 바라보고 있었다. 그는 남들 보기에 아주 행복한 젊은이였다.

저녁에 보케 하숙에서 외젠이 고리오 영감에게 전날의 성공담을 들려주고 있을 때 보트랭이 악마 같은 미소를 지으며 큰 소리로 말했다.

"그래, 그렇게 최고의 사교계에 드나드는 젊은이가 뇌브 생트주느비에브 길에 있는 하숙집에 살 수 있다고 생각하나? 이보게 젊은 친구, 파리에서 제대로 행세하고 싶다면 말 세 필에 낮에 탈 이륜마차 한 대는 있어야 하고 거기다 저녁에 타고 다닐 2인승 사륜마차 한 대도 있어야 하는 법이라네. 마차에만 들어야 하는 돈이 도합 9,000프랑이지. 게다가 옷, 구두, 모자 등 몸치장에도 5,000프랑은 들어. 거기다 용돈, 식비 합치면 1년에 2만 5,000프랑은 우습게 들어간다고. 그 돈이 없으면 곤경에 빠지지. 남들이 비웃게 되고 성공도, 미래도, 여자도 다 물거품이 되고 만다네. 아 참, 시종은 계산에 넣지도 않았군. 시종 없이 파리 생활을 할 수는 없는 노릇이야."

그러면서 그는 눈을 찡긋했다. 전에 외젠에게 던졌던 낚시를 확인하게 하는 눈짓이었다. 그는 타유페르 양을 흘낏 보면서 다시 한 번 눈을 찡긋했다.

여러 날이 흘렀다. 그동안 라스티냐크는 더없이 방만한 생활을 했다. 거의 매일 누싱겐 부인을 대동하고 사교계 모임에서 저녁 식사를 함께 했다. 새벽 3~4시에 집에 들어왔다가 정오쯤 일어나 세수하고 옷을 차려입었으며 날씨가 좋으면 부인과 함께 불로뉴 숲에 산책을 갔다. 그는 모든 일에는 대가가 따르기 마련이라는 것을 무시한 채 시간을 펑펑 썼다. 게다가 그는 규모가 큰 도박을 했으며 많이 잃기도 했고 많이 따기도 했다. 그러면서 어느덧 바른 젊은이의 길에서 멀어졌다.

그는 처음 딴 돈 중에서 1,500프랑을 어머니와 누이들에게 보냈다. 거기다 예쁜 선물도 곁들여 보냈다. 보케 하숙집을 떠나려는 마음은 굴뚝같았지만 여전히 거기 살고 있었으며 딱히 집을 옮길 방법도 없었다.

돈에 관한 한 만고불변의 법칙이 있다. 부자건 가난하건 살면서 꼭 필요한 곳에 쓸 돈은 늘 부족하기 마련이지만 그때그때 마음 내키는 대로 쓸 돈은 어떻게 해서건 찾아내게 되어 있는 것이다. 사람은 누구나 이상으로는 쓸데없는 곳에 돈을 펑펑 쓰지만 당장 지불해야 될 돈에는 인색하다.

라스티냐크가 딱 그 처지였다. 보케 부인에게는 늘 빈털터리지만 허영심을 채우기 위한 지갑은 언제나 두둑했다. 그의 지갑은 미치광이처럼 돈이 있을 때와 없을 때의 기복이 너무 심했다. 그래서 당연히 지출해야 할 돈은 언제나 모자랐다. 청년들은 도박에 필요한 돈을 마련하기 위해서라면 호기 있게 손목시계나 금줄을 들고 어두컴컴한 전당포로 찾아간다. 하지만 밥값이나 방값을 내야 할 때나 생활필수품을 사야 할 때면 소심해진다.

이 무렵 라스티냐크는 가진 돈을 모두 잃고 빚까지 진 상태였다. 아무런 고정 수입 없이 계속 이런 식으로 살아갈 수는 없다는 것을 그는 뼈저리게 느끼고 있었다. 그렇다고 분에 넘치는 향락을 단념할 수도 없었다. 출세를 위해 그가 기대했던 요행은 헛된 꿈이 되어버렸고 현실적인 장애는 점점 더 커져만 갔다. 그는 누싱겐 부부의 가정 비밀을 알게 되면서 출세는 우연히 찾아오는 행운이 아니라는 것도 알게 되었다. 연애를 출세의 도구로 삼으려면 온갖 수치도 다 감내해야 한다는 것을 알게 되었다. 잘못된 행동을 되돌아보고 속죄하는 고상한 생각들일랑 아예 던져버려야 한다는 것도 알게 되었다. 겉으로는 화려해 보이지만 속으로는 끊임없이 자책과 후회에 갉아먹히고, 쾌락 끝에는 반드시 끊임없는 고민이 뒤따르는 생활이었다. 그는 그런 삶을 반려자로 삼은 셈이었고 수렁의 진창을 침대 삼아 뒹굴고 있는 셈이었다.

어느 날 의대생 친구 비앙숑이 식탁에서 일어나면서 그에게 농담하듯 물었다.

"그래, 우리가 중국 관리를 죽인건가?"

"아직 아니지. 하지만 그 관리는 죽어가고 있다네."

비앙숑은 그 말을 농담으로 받아들였지만 외젠은 농담으로 한 말이 아니었다. 오랜만에 하숙에서 저녁을 먹은 외젠은 생각에 잠긴 모습이었다. 그는 후식이 나왔을 때도 자리를 뜨지 않고 타유페르 옆에 앉아 가끔씩 그녀에게 의미심장한 시선을 던졌다. 보트랭이 그런 그를 유심히 바라보았다. 그는 외젠의 영혼에서 무언가를 읽었다.

사실 외젠은 고민이 많았다. 누싱겐 부인 때문이었다. 둘이 만난 후 초기에는 분명 외젠이 주도권을 잡고 있었다. 하지만 이제는 주도권이 완전히 부인에게 넘어가 있었다. 당연한 일이었다. 델핀 드 누싱겐은 갑자기 이 청년에게 너무 많은 애정을 보여준 셈이었다. 그리고 그가 자기 마음의 왕국을 전령하게 그냥 내버려둔 셈이었다. 여자는 그 순간 자기 자존심에 눈을 뜨기 마련이다. 그녀는 외젠 나이 정도의 남자에게는 군림하고 싶어졌다. 그리고 자기를 버린 남자 앞에서 자신이 너무 작아져 있었기 때문에 외젠 앞에서는 커 보이고 싶기도 했다. 그녀는 외젠이 자기를 쉽사리 손에 넣을 수 있는 여자라고 생각할까봐 두렵기도 했다.

말하자면 델핀은 라스티냐크를 갖고 놀고 있는 셈이었고 또 그걸 즐기고 있었다. 그녀가 마르세의 애인이었다는 것을 라스티냐크가 알고 있었기에 더욱 그러했다. 라스티냐크의 진정한 사랑이 그릇된 사랑으로 인해 대가를 치르고 있는 셈이었다. 외젠의 고민은 점점 더 커졌다. 자존심도 상했다. 그러면 그럴수록 외젠은 더욱더 그녀에게 집착했다. 파리 사교계 전체가 누싱겐 부인을 그의 애인이라고 인정하고 있었는데 정작 그의 입장에서는 첫 만남보다 진전된 것이 아무것도 없었다. 그는 차츰 화가 나기 시작했다.

돈 한 푼 없고, 미래도 없으며, 델핀과의 사랑에 대한 고뇌가 깊어지면서 그는 일전에 보트랭이 보여준 출세의 길에 대해 가끔 생각하곤 했다. 형편이 이렇게 어려워지다보니 스핑크스처럼 두려운 보트랭의 계교에 자신도 모르게 굴복하게 된 것이다.

식탁에는 보케 부인과 쿠튀르 부인, 그리고 빅토린 타유페르 양이 남아 있었다. 외젠은 빅토린 양을 무척 애틋한 눈길로 바라보았다. 그 시선을 느낀 아가씨는 눈을 내리깔았다.

빅토린이 잠시 침묵을 지키다가 말했다.

"외젠 씨, 무슨 속상한 일이라도 있으신 것 같아요."

"속상하는 일이 없는 사람이 어디 있겠습니까? 사람은 누구나 자기 마음을 다 알 수 없는 법이지요. 당신은 지금 당신 마음을 확실히 안다고 생각하겠지요. 하지만 그게 결코 변치 않는다고 대답할 수 있나요?"

처녀의 입술에 마치 영혼에서 솟아나오는 빛과 같은 긍정의 미소가 어렸다. 외젠은 자신의 말이 그녀의 얼굴을 그토록 밝게 만드는 것이 두려웠다.

"정말요? 만약 막대한 재산이 당신 앞에 떨어져 부자가 되더라도, 어려울 때 마음에 두었던 젊은이를 여전히 사랑할 수 있단 말인가요?"

그녀는 귀엽게 고개를 끄덕였다.

"상대가 더없이 불행한 젊은이라도 말인가요?"

그녀가 다시 한 번 고개를 끄덕였다.

그때였다. 보드랭이 갑자기 식당 문 앞에 나타나더니 굵은 목소리로 말했다. 그는 그 대화를 다 엿듣고 있었던 것이다.

"이거 무슨 소리지? 그러니까, 기사 외젠 드 라스티냐크 씨와 빅토린 타유페르 양이 지금 결혼 약속을 하고 있는 거라 이 말인가?"

그러자 쿠튀르 부인이 짓궂은 농담 하지 말라며 빅토린을 데리고 자리를 떴고 보케 부인도 뒤따랐다. 외젠 혼자 남아 보트랭과 대면하게 된 것이다.

"자네가 여기까지 오게 될 줄 내 다 알고 있었지."

보트랭이 냉정한 어조로 말했다. 그는 말을 이었다.

"하지만 지금 바로 결정하라는 건 아냐. 나도 섬세한 데가 있거든. 자네 지금 빚이 있지? 이성적으로 판단하고 내 뜻에 따르는 게 좋아. 아마 자네는 몇천 프랑쯤이 필요할 거야. 자, 갖게나."

말을 마친 그는 지갑에서 지폐 석장을 꺼내 외젠 앞에서 흔들었다. 외젠은 정말 어려운 상황에 처해 있었다. 그는 다주다후작과 트라유 백작에게 2,000프랑의 도박 빚을 지고 있었다. 그 돈이 없어 그는 레스토 부인 집에 찾아가 저녁을 할 엄두를 내지 못하고 있었다. 그들은 그가 오려니 하고 있었지만 그는 갈 수 없었다. 과자나 먹으며 차나 마시는 격의 없는 모임이었지만 혹 휘스트 놀이를 하다가 단번에 6,000프랑을 잃을 수도 있는 자리였기 때문이다.

"이보시오. 댁이 전에 내게 그런 말을 털어놓았는데 그런 당신에게 내가 빚을 질 것 같소?"

"맞아, 내가 기대하던 대답이야. 안 그랬으면 내가 실망했을 거야. 자네는 잘생기고 섬세한 청년이야. 자부심도 강하고 처녀처럼 부드럽지. 악마에게 더없이 좋은 먹잇감이야.

아, 만약 자네가 내 제자가 된다면 못 하는 게 없게 만들어줄 텐데. 어떤 욕망이든 즉석에서 이루어지게 해줄 거란 말이야. 명예, 재산, 여자, 무엇이든. 자네에게 장애가 되는 건 뭐든 깔아뭉개 없애줄 텐데. 자네는 나를 악당으로 여기고 아직 꺼리고 있는 거지? 하지만 아무리 훌륭한 인물이라도 필요하면 악당과 손을 잡을 수 있는 법이야. 자네, 내 은덕을 입고 싶지 않은 거지? 좀 그러면 뭐가 어때서?"

외젠이 아무 말이 없자 그가 어음 한 장을 떼면서 말했다. 백지 어음이었다.

"여기다 '일금 3,500프랑 정히 영수함. 1년 내 상환' 이렇게 쓰게. 이자가 상당히 높으니까 의심할 것도 없고 내게 감사할 것도 없어. 지금은 실컷 나를 경멸해도 돼. 결국 나중에 내게 감사하게 될 테니."

"당신, 도대체 정체가 뭡니까? 나를 괴롭히려고 태어난 사람인가요?"

"무슨 섭섭한 소리를! 자네가 남은 일생 동안 진흙을 안 묻히고 살아갈 수 있도록 내 몸에 직접 진흙을 묻히고 싶어 하는 착한 사람이야. 저 사람이 왜 저렇게 헌신적인지 속으로 묻고 싶겠지? 언젠가 자네 귀에 대고 가만히 말해줄 날이 올 거야. 지금은 깜짝 놀라고 있지만 나중에 다 익숙해질 때가 올 거야. 아니 고갯짓 한 번 하면 큰 재산을 주겠다고 하는데도 뭘 그렇게 망설이나?"

외젠은 「계약서」에 서명한 후 지폐를 받았다. 그러자 보트랭이 말을 이었다.

"좋아, 이제 이치에 맞는 이야기들을 해보지. 난 이제 몇 달 있으면 미국으로 떠나려 하네. 전에 말한 대로 거기서 담배 농장을 할 거야. 내가 부자가 되면 자넬 도와주지. 내가 자식을 두지 않는다면 내 재산을 자네에게 남길 걸세. 아마 그렇게 될 거야. 내 씨앗을 이 세상에 심어놓는 일에 나는 관심이 없거든. 남자들 세계에서 친구란 건 바로 이런 거 아닌가? 난 자네를 좋아해. 또 내겐 남에게 헌신적으로 잘해주려는 열정이 있어. 나는 보통 사람들보다는 한층 높은 세계에 살고 있는 사람이야.

사람이란 게 도대체 뭔가? 전부 아니면 아무것도 아닌 것, 그 둘 중 하나야. 세상에는 마치 빈대같이 깔아뭉개도 되는 존재가 있어. 납작하면서도 지독한 냄새를 풍기는 자들. 푸아레 같은 경우지. 하지만 사람은 신 같은 존재이기도 해. 바로 자네 같은 경우지. 인간이란 그냥 기계가 아니야. 가장 아름다운 감정이 움직이는 극장 같은 거야.

고리오 영감을 좀 보게. 그 영감에게는 두 딸이 곧 우주야. 그가 세상 사람들 사이에서 길을 헤쳐갈 때 그를 이끌어주는 실이 바로 두 딸이란 말일세. 나? 산전수전 다 겪은 내게도 그런 게 딱 하나 있어. 바로 남자 대 남자의 우정이야. 나는 아무한테나 이런 식으로 이야기하지 않아. 자네는 출중한 사람이야. 그래서 뭐든 말할 수 있어. 자네는 무슨 말이든 이해할 수 있어. 자네는 난쟁이들이 사는 곳에 발을 담그고 첨벙댈 사람이 아냐. 그래, 바로 그거야! 자네는 빅토린 양과 결혼할 걸세. 각자 자기에게 알맞은 칼을 들고 밀고 나가자고!"

보트랭은 외젠이 반박하는 말을 듣지 않으려는 듯 얼른 나가버렸다. 하지만 사실은 외젠의 마음을 편하게 해주려고 그런 것이다. 그는 사람들 마음속 갈등을 읽고 있는 사람 같았다.

그가 나가자 외젠이 속으로 중얼거렸다.

'어디 마음대로 해보시지. 나는 절대로 타유페르 양과 결혼하지 않을 테니.'

속으로는 그렇게 저항했지만 보트랭의 냉소적인 시각, 사회 전체를 깔보는 만용 때문에 외젠의 눈에는 그 사내가 더욱 크게 보였다. 그와 동시에 그런 자와 계약을 했다는 사실에 공포가 일었다. 아직 젊은 그는 사회 전체를 발아래 놓고 깔볼 수 없었다. 사회는 그를 감미롭게 유혹하는 미지의 세계일 뿐이었다.

그는 옷을 차려입고 마차를 불러 레스토 부인 집으로 갔다. 한 걸음 한 걸음이 그대로 상류 사회 한복판으로 걸어가는 행진으로 여겨졌다. 이 청년이 장차 어마어마한 영향력을 지니게

될지도 모른다고 생각한 레스토 부인은 그를 한결 더 극진하게 대했다,

외젠은 트라유 씨와 다주다 씨에게 빚진 돈을 갚은 뒤 밤새 휘스트 게임을 했다. 그리고 전에 잃은 돈을 모두 다시 땄다. 그는 자기가 올바른 길을 벗어나지 않고 꾸준히 버텼기에 하늘이 행운을 준 것이라고 생각했다. 앞길이 구만리 같은 숙명론자들은 대개 그렇게 생각하는 법이었다. 다음 날 그는 부랴부랴 보트랭에게 돈을 돌려주고 어음을 돌려받았다.

제3장 불사조

그로부터 이틀 뒤, 푸아레와 마드무아젤 미쇼노가 파리 식물원의 한적한 오솔길 벤치에 앉아 수상한 남자와 이야기를 나누고 있었다. 그의 이름은 공뒤로 씨였다. 그는 겉으로는 연금 생활자 노릇을 하고 있었지만 실은 공안 경찰부장이었다.

공뒤로 씨가 말했다.

"경찰청장 각하께서 이 사건을 직접 챙기고 계십니다. 그러니 아무런 걱정하실 필요 없어요."

"경찰청장 각하라고요?"

푸아레가 되물었다. "그래요. 각하께서는 지금 보케 하숙에 머물고 있는 자칭 보트랭이라는 자가 툴롱 감옥에서 탈출한 죄수라고 확신하고 계십니다. 툴롱에서 그는 '불사조'라는 별명으로 불렸지요."

"아, 불사조라! 그 이름대로라면 얼마나 좋을까!"라고 푸아레가 말했다.

"놈은 지금까지 숱하게 대담한 짓을 저질렀습니다. 그런데도 운 좋게 목숨을 잃지 않아 그런 별명이 붙은 거지요. 정말 위험한 놈입니다. 장점도 많아서 남들에겐 특별해 보이기도 하는 모양입니다. 심지어 명예롭다고 하는 놈들도 있으니까요. 하긴 그 바닥에선 사형선고를 받는 게 제일 명예로운 일이니……."

"그가 명예로운 사람이라고요?"

"글쎄요, 보기에 따라서는 그렇다고 할 수도 있을지 모르겠습니다. 놈이 남의 죄를 뒤집어쓴 일도 있어요. 노름깨나 하고 다니던 이탈리아 청년이 저지른 죄인데……. 그 젊은이를 꽤 좋아한 모양입니다. 그 뒤 그 친구는 군대에 들어가서 착실한 사람이 되었다는군요."

"청장 각하께서 확신하고 계시다면 왜 우리보고……."

"확신이라기보다는 추측하고 있다고 보는 게 나을 겁니다. 그리고 신중해야 하기 때문입니다. 자크 콜랭은 감옥을 세 군데나 거치면서 죄수들에게 큰 신뢰를 얻었지요. 죄수들은 놈을 대표자로 뽑으면서 재정 관리도 맡겼습니다. 놈은 그 일을 맡아 하면서 큰돈을 벌었지요. 복역수들 돈을 받아 불리고, 보관해주고, 탈옥수들 자금으로 씁니다. 죄수가 유언으로 돈을 남기면 가족에게 보내주고요. 그뿐이 아닙니다. '일만 명 조합'이라는 큰 도둑들 연합에서 나오는 돈도 숨겨두고 있지요. 중죄만 지은 큰 범죄자들의 조합입니다. 콜랭은 그들의 고문 격이지요. 그는 돈도 있고 재능도 있어요. 그런데 그 돈과 재능이 나쁜 일에만 쓰이고 있습니다. 사회에 악을 퍼뜨리고 사회와 맞서 싸우는 '악당들' 패거리를 유지하는 데 쓰이는 셈이지요. '불사조'를 잡아 그의 금고를 장악하면 악을 뿌리째 뽑을 수 있게 되는 거지요."

"그렇다고 해도 왜 그를 곧바로 체포하지 않고 우리더러……." 푸아레가 다시 물었다.

"혹 잘못해서 진짜 보트랭이라는 사람을 체포하는 경우 경찰청이 여론의 뭇매를 맞겠지요. 청장님이 물러나야 할지도 모르고요. 콜랭이 워낙 거물인 만큼 신중해야 한다, 이겁니다."

"그렇다면 제가 할 일이 뭐지요? 2,000프랑이나 받고…….물론 아직 하겠다는 건 아녜요." 마드무아젤 미쇼노 노파가 물었다.

"간단합니다. 제가 작은 양의 물약을 드릴게요. 그걸 마시면 뇌일혈 비슷한 증상이 나타나지만 위험하진 않아요. 포도주와 커피에도 섞어 마실 수 있어요. 그가 기절하면 그를 침대로 옮기고 옷을 벗기는 겁니다. 그리고 어깨를 한 번 탁 때려보세요. 그 어깨에 낙인글자가 나타나면 바로 콜랭이 틀림없습니다."

"간단한 일이네요"라고 푸아레가 말했다.

"자, 그럼 동의하시는 거지요?"

"그런데 혹시 낙인된 글자가 없으면요? 그래도 2,000프랑을 받을 수 있나요?" 처녀로 늙은 노파가 물었다.

"아닙니다. 그 경우에는 500프랑을 드릴 겁니다."

"이런 중요한 일을 하는데 그렇게 적게 주다니⋯⋯. 좋아요. 하지만 만일 그가 '불사조'가 맞다면 3,000프랑을 주세요. 만일 그냥 평범한 시민이라면 아무것도 주지 마시고요." 계속된 노파의 말이었다.

"좋습니다. 하지만 조건이 있습니다. 내일 당장 일을 처리해야 합니다."

말을 마친 형사가 자리에서 일어나며 덧붙였다.

"그럼 내일 봅시다. 내게 전할 말이 있으면 생트샤펠 성당으로 오세요. 성당 뜰에서 안으로 더 들어간 후 맨 끝에 있는 생탄 골목으로 오세요. 거기서 공뒤로 씨를 찾아왔다고 하면 됩니다."

그런데 그들의 대화를 우연히 엿들은 사람이 있었다. 바로 의대생 비앙숑이었다. 그는 수업을 마치고 집으로 돌아가던 중 공안부장이 하숙집 늙은이들과 함께 있는 것을 보고 호기심이 일어 귀를 기울였고, '불사조'라는 희한한 단어를 들을 수 있었다. 하지만 자세한 내용까지는 알아들을 수 없었다.

푸아레와 마드무아젤 미쇼노는 하숙집으로 돌아왔다. 마드무아젤 미쇼노는 디 위페르 양과 친밀하게 이야기를 나누고 있는 외젠 드 라스티냐크를 눈여겨보았다. 두 사람은 이야기에 푹 빠져 있어서 두 늙은이가 식당을 가로질러 지나가는 것도 모르고 있었다.

외젠은 오전 내내 절망에 빠져 있었다. 누싱겐 부인 때문이었다. 외젠은 이미 내심으로 보트랭에게 항복한 상태였다. 그 특이한 인간이 왜 자기에게 우정을 보이는지, 둘의 관계가 앞으로 어떻게 될 것인지 생각해볼 마음도 전혀 들지 않았다.

외젠이 하는 말을 들으며 빅토린은 천상을 헤매는 기분이었다. 하늘이 그녀 앞에서 활짝 열렸다. 아아, 내가 사랑하고 사랑받다니! 그녀는 그렇게 믿었다. 박복하고 비참한 여자의 마음처럼 사랑의 감정이 스며들기 쉬운 건 없다는 보트랭의 말은 어김없이 맞았다. 더욱이 하숙집 사람들의 눈길을 피해 남들 몰래 라스티냐크의 속삭임을 듣고 있노라면 어느 누군들 그렇게 믿지 않을 수 있겠는가?

외젠은 오전 내내 눈에 띄게 냉랭해진 누싱겐 부인 때문에 절망하고 있었다. 그래서 그는 보트랭에게 내심 완전히 항복한 상태였다. 하지만 그는 자기 양심과 싸우고 있었다. 그는 자기가 나쁜 짓을 하고 있다는 것을 잘 알고 있었다. 그래서 그녀에게 더욱 상냥하게 대했다. 그녀를 행복하게 해주어야 죄를 갚는 것 같았다. 마음속 갈등과 절망 때문에 그는 더욱 멋진 모습이 되었다. 가슴속 지옥불로 인해 그는 더욱 빛났다.

그때 보트랭이 식당으로 들어왔다. 그는 자기의 악마적 재능으로 맺어준 두 젊은이의 속마음을 금세 읽었다. 그는 굵은 음성으로 노래를 불렀다. 외젠에게는 그가 구세주 같았다. 빅토린이 얼굴을 붉히며 자리를 뜬 것이다. 그녀는 이제까지 그녀가 겪었던 불행을 다 보상해줄 만큼의 행복을 느낀 채 자리를 떴다. 가여운 처녀! 입술의 온기를 느낄 정도로 바싹 귀에 대고 그가 속삭인 말들, 그녀 허리를 꽉 껴안은 떨리는 그의 팔, 그녀의 목에 퍼부은 그의 입맞춤, 이 모든 것들이 그녀에게는 정열이 넘치는 사랑 고백이었다. 그리고 결혼 약속과도 같았다. 그녀는 그만큼 순진했다.

그녀가 사라지고 단둘이 있게 되자 보트랭이 말했다.

"이제 일이 다 된 셈이야. 두 건달이 결투를 하기로 했지. 우리의 가엾은 비둘기가 나의 매를 모욕한 셈이지. 내일 8시 반, 클리냥쿠르 성곽에서 결투가 벌어질 거야. 그 시각에 타유페르 양은 가만히 앉아서 아버지의 애정과 재산을 물려받게 되는 셈이지. 그 조그만 타유페르 청년은 검술에 아주 능해. 아주 자신만만하지. 하지만 내가 창안해낸 검법으로 공격하면……, 그는 이마에 피를 흘리게 될걸."

보트랭은 날렵하게 칼을 휘두르는 흉내를 냈다. 외젠은 멍청한 표정으로 듣고만 있었다. 이때 고리오 영감, 비앙숑을 비롯해 다른 하숙인들이 식당으로 들어왔다. 보트랭이 외젠의 손을 잡으려 하자 그는 홱 뿌리쳤다. 그러자 보트랭이 나지막한 목소리로 말했다.

"아, 자네는 아직 미덕이란 놈에 푹 젖은 기저귀를 차고 있구먼. 어쨌든 저 타유페르 영감에게는 300만 프랑이 있어. 내가 재산을 다 알아보았지. 지참금이 생기면 자네 신수가 훤해질 거야."

순간 라스티냐크 마음에서 모든 망설임이 사라졌다. 그는 이

날 밤 안으로 타유페르 부자에게 가서 이 사실을 알려주겠다고 결심했다.

보트랭이 외젠의 곁을 떠나자 고리오 영감이 그의 곁으로 오더니 말했다.

"이보게, 젊은이. 기분이 안 좋은 모양인데 내가 기분을 풀어주지. 내가 해줄 이야기가 있어. 자, 나랑 함께 가지."

영감은 외젠과 함께 외젠의 방으로 갔다.

"오늘 아침에 우리 딸애를 못 만나서 화가 났지? 그 애 사랑이 식은 줄 알고 실망했지? 그렇지 않아. 사실은 날 기다리고 있었던 거요. 사흘 후 학생이 들어가 살 멋진 아파트를 둘이서 마무리 손질하러 가기로 했던 거야. 그 애는 당신을 깜짝 놀라게 하려고 아무 소리 안 한 거야. 하지만 내가 그 비밀을 당신에게 알려야겠어. 그 집은 델핀 집에서 엎어지면 코 닿을 만큼 아주 가까운 곳에 있다오. 아르투아 거리에 있지. 젊은이는 거기서 왕자처럼 살게 될 거요. 우리는 한 달 전부터 준비를 해왔다오. 한 가지 더 있다오. 내가 법정 대리인에게 일을 다 처리하게 했지. 우리 딸이 지참금의 이자로 매년 3만 6,000프랑을 받게 된다오. 또 그 아이 몫의 돈 80만 프랑을 부동산에 투자하게 할 생각이오."

외젠은 잠자코 팔짱을 낀 채 자신의 초라한 방을 이리저리 걸어 다녔다. 고리오 영감은 외젠이 등을 돌리고 있는 틈을 타서 벽난로 위에 붉은 가죽으로 된 상자를 외젠이 모르게 올려 놓았다. 상자에는 라스티냐크 가문의 문장이 금박으로 새겨져 있었다. 이윽고 고리오 영감에게 외젠이 물었다.

"그 대신 제가 해드릴 건 뭐지요?"

"아무것도 없소. 당신이 거처할 방 바로 위, 그러니까 6층에 낭신 방에 딸린 아주 작은 방이 하나 있소. 내가 거기 살게 해 주기만 하면 되오. 난 점점 늙어가는데 딸들과 너무 멀리 떨어져 있소. 그냥 거기 살겠다는 거지, 절대로 젊은이를 귀찮게 하지 않겠소. 밤마다 우리 딸 이야기를 내게 해주기만 하면 되오. 집에서 한 걸음만 나서면 샹젤리제 거리, 즉 딸애들이 매일 다니는 길이오. 난 언제나 딸들 모습을 볼 수 있게 되는 거지.

델핀은 한 달 전부터 옛날 모습을 되찾았다오. 말쑥한 처녀 때 모습을 되찾은 거지. 그 애 영혼이 치료된 건 다 젊은이 덕분이오. 난 당신을 위해 무슨 일이든 할 거요. 딸애가 나를 '아빠'라고 부르며 팔짱을 끼더군. 그 애가 아빠라고 부르면 나는 행복해진다오. 딸애가 나를 '아버지'라고 부르는 게 싫거든. 난 오늘 델핀과 여기저기 함께 다녔소. 그 애와 그렇게 나란히 걸어본 게 10년 만이오.

오! 그 통통한 나무 기둥 같은 알자스 놈만 죽어준다면! 그 놈의 통풍이 위장까지 올라가준다면 얼마나 좋을까! 가엾은 내 딸이 정말 행복해할 텐데! 그러면 당신이 내 사위가 될 텐데! 남 보란 듯이 그 애의 남편이 될 수 있을 텐데! 아아, 그 애는 당신을 너무나 사랑하고 있다오."

고리오 영감은 잠시 쉬었다가 다시 말을 이었다.

"나랑 거닐면서 그 애가 당신 이야기를 했다오. '아빠, 그 사람 참 괜찮죠? 마음씨도 좋은 사람이에요. 그 사람이 내 이야기도 하던가요?'라고 하더군. 그러더니 자기 마음을 내게 다 털어놓았소. 내 마음은 정말 새털처럼 가벼웠다오. 당신이 내게 1,000프랑짜리 지폐를 주더란 이야기를 내가 딸애에게 해주었소. 사랑스러운 내 딸이 감동해서 눈물을 흘렸다오."

여기까지 말한 고리오 영감은, 자신이 라스티냐크 모르게 벽난로 위에 올려놓았던 상자를 가리키며 말했다.

"그런데 저 벽난로 위에 있는 게 뭐요?"

외젠은 완전히 얼이 빠져 있었다. 보트랭이 말한 내일 벌어질 결투와 그가 품어왔던 간절한 소망이 이루어진 이 순간이 너무 극명하게 대비를 이루고 있었다. 그는 마치 악몽을 꾸는 것 같았다. 그는 벽난로 위를 바라보았다. 작은 정사각형 가죽 상자가 보였다. 상자를 열어보니 최고급 손목시계가 종이에 싸인 채 들어 있었다. 시계를 싼 종이에는 이런 말이 적혀 있었다.

당신이 늘 내 생각을 해주었으면……. 왜냐하면…….

델핀

이 마지막 말은 굳이 생각하지 않아도 그 뜻을 알 수 있을 것 같았다. 그는 가슴이 뭉클했다. 그의 문장이 상자 안쪽 금 바탕에도 새겨져 있었다. 그가 그토록 원하던 것, 그 모든 것이 온전히 그곳에 있었다. 그가 감격에 겨워하는 것을 보고 영감의 얼굴이 환하게 빛났다. 영감이 말했다.

"오늘 저녁 나는 딸애 집으로 그 애를 보러 간다오. 딸이 당신을 기다리고 있소. 뚱뚱보 알자스 놈은 무용수 집에서 저녁을 먹는다오."

그러면서 고리오 영감은 외젠을 꼭 껴안았다.

"당신은 딸애를 아주 행복하게 해줄 거야. 그러겠다고 내게 약속할 수 있겠지? 자, 오늘 밤에 그 애에게 함께 가자고."

"물론 그래야지요. 하지만 밤에 꼭 할 일이 있어서 외출을 해야 합니다."

"무슨 일인데. 내가 도와주면 안 될까?"

"그래주시겠어요? 그렇다면 제가 누싱겐 부인 댁에 가는 동
안 영감님은 타유페르 부친 댁으로 가주세요. 아주 중요한 일
을 전할 게 있으니 저녁 때 한 시간만 제게 시간을 내달라고 전
해주실 수 있어요?"

그러자 고리오 영감의 표정이 싹 바뀌었다.

"아니, 저 아래층 바보들 말이 사실인가 보군. 그래, 당신이 타
유페르 씨 딸에게 청혼하려는 거요? 세상에! 내가 고리오 식으
로 본때를 보여줄까? 당신이 우리를 속여? 오, 그럴 수는 없어!"

"저는 세상에서 오직 한 여자만을 사랑한다고 맹세합니다.
조금 전에야 비로소 그 사실을 확실히 깨달았습니다."

"그렇다면 다행이군. 그런데 왜 타유페르 씨를 만나겠다는
거요?"

"그 아들이 내일 결투를 한답니다. 아마 그가 죽을 거예요."

"그게 당신하고 무슨 상관이 있단 말이요?"

"어쨌든 아들이 거기 가지 못하게 하라고 말해야만 해요!"

그때였다. 문간에서 보트랭의 목소리가 들렸다. 그는 노래를
부르고 있었다. 오페라에 나오는 노래였다. 외젠은 말을 멈추었

다. 이어서 식사하러 내려오라는 크리스토프의 외침이 들렸다. 보트랭과 외젠, 고리오 영감은 함께 식당으로 내려갔다. 모두들 이미 자리를 잡고 있었다.

자리에 앉자 보트랭은 재담을 하여 좌중의 흥을 돋우었다.

외젠은 '어떻게 저렇게 태연자약할 수 있지!'라고 속으로 생각하며 경악할 수밖에 없었다.

명랑한 보트랭을 보고 보케 부인이 말했다.

"오늘은 또 무슨 일이 있기에 이렇게 방울새처럼 기분이 좋으신가?"

"사업이 잘되었는데 명랑하지 않을 수 없지요."

마드무아젤 미쇼노는 그런 보트랭을 꼼꼼히 뜯어보고 있었다. 그걸 알아차린 보트랭이 그녀에게 말했다.

"제 얼굴에 뭐 맘에 안 드는 거라도 있나요? 왜 그렇게 날 뚫어지게 쳐다보는 거지요?"

그러자 마드무아젤 미쇼노가 입을 삐죽이며 말했다.

"체, 당신 같은 사람은 익살꾼 에르퀼의 모델 노릇이나 하면 딱 좋겠어요."

"좋지요. 마드무아젤 미쇼노께서 페르 라셰즈 묘지의 비너스 여신 모델로 선다면 말입니다. 아무튼 오늘 즐거운 날이니 내가 보르도 포도주를 한 병 내놓지요. 이봐, 크리스토프 내 말 안 들려? 내가 말한 술 냉큼 가져오라고."

크리스토프가 술을 가져오자 그는 외젠과 고리오 영감의 잔에 술을 따른 다음 자기 잔에도 조금 따랐다. 옆의 두 사람이 포도주를 마시는 동안 그는 맛을 보는 척하더니 갑자기 얼굴을 찌푸렸다.

"이런 빌어먹을! 코르크 냄새가 나잖아. 이건 너나 마셔, 크리스토프! 다른 술을 가져오라고! 우리가 모두 열여섯 명이니 여덟 병을 갖고 와. 내가 신나게 한턱 쏘는 거야."

라스티냐크도 샴페인 두 병을 내놓겠다고 했고 이윽고 잔치가 벌어졌다. 순식간에 보르도 포도주가 돌고 즐거움은 더해갔다. 모두들 술에 취해 횡설수설하기 시작했다. 이 하숙에서는 좀처럼 보기 드문 광경이었다.

보트랭은 외젠과 고리오 영감을 살펴보았다. 그들은 이미 술에 취한 듯 의자에 등을 기댄 채 익숙지 않은 이 소동을 멍한 표정으로 바라보고 있었다. 사실은 둘 다 보트랭이 권한 첫 잔외에는 거의 술을 마시지 않았다. 둘 다 오늘 밤 해야 할 일에 골몰해 있었기 때문이었다. 그들은 일어나려 했다. 하지만 눈이 가물가물 감기기만 할 뿐 몸을 일으킬 수 없었다.

두 사람의 눈이 감기려는 것을 본 보트랭이 라스티냐크의 귀에 대고 속삭였다.

"이 친구야, 누구도 이 보트랭과 꾀로 싸울 수는 없어. 보트랭은 자네가 바보짓 하도록 그냥 내버려두지 않는다네. 자넬 너무 좋아하기 때문이야. 내가 무슨 결심을 하면 하느님만이 막을 수 있을 뿐이라네. 자네, 타유페르 영감에게 미리 알려주려 했겠지. 무슨 그런 바보 같은 짓을! 화덕은 뜨겁게 달구어졌겠다, 밀기루 반죽도 충분히 치댔겠다, 이제 오븐에 넣고 굽기만 하면 되는데. 내일이면 우린 맛있는 빵을 아작아작 먹게 될 텐데.

자, 우리가 한숨 자는 사이에 프랑셰시니 대령이 칼끝을 놀려 미셸 타유페르의 상속 재산을 우리에게 넘겨줄 거야. 빅토린 양은 자그마치 연금 1만 5,000프랑을 받게 되는 거야. 빅토린 어머니가 남긴 유산만 해도 30만 프랑이 넘는다고."

외젠의 귀에 그가 하는 말이 들려왔지만 입을 놀릴 수가 없었다. 혀가 입천장에 달라붙은 것 같았고 도저히 꼼짝 못할 만큼 졸음이 몰려왔다. 사람들 모습이 희미해지더니 그는 이내 잠에 빠져들었다. 보트랭은 그의 머리를 의자에 잘 기대주며 그의 이마에 입을 맞추고는 "자거라, 내 사랑! 그대를 항상 지켜주리니"라고 노래를 부르더니 밖으로 나갔다.

실비가 곯아떨어진 고리오 영감을 억지로 끌고 가 그의 방에다 눕혔다. 쿠튀르 부인은 잠든 외젠의 머리칼을 양쪽으로 쓸어 올려주고 있었다. 그 모습을 보고 보케 부인이 말했다.

"내가 31년간 하숙을 치면서 수많은 젊은이들이 거쳐 갔지요. 하지만 외젠 씨만큼 뛰어난 젊은이는 본 적이 없다오. 참 상냥한 젊은이야. 자는 얼굴도 어쩜 이리 잘생겼지. 저런! 저 사람이 빅토린 양에게 어깨를 기대네. 젊은이들은 하느님이 지켜주신다오. 저렇게 둘이 있으면 참 예쁜 한 쌍이 되겠어."

그러자 쿠튀르 부인이 소리쳤다.

"이봐요, 그만 좀 하세요. 지금 그런 말씀은 좀……."

"뭐 어때요! 어차피 저 사람 듣지도 못하는데……."

그런 말을 남기고 보케 부인은 실비와 함께 밖으로 나갔다.

이제 식당에는 쿠튀르 부인과 빅토린, 그녀의 어깨에 기대어 잠들어 있는 외젠만 남았다. 빅토린은 자기 가슴 위에서 쿵쿵 뛰는 젊은이의 심장 소리를 느끼며 행복했다. 그녀의 표정에는 모성애가 감돌았고 젊고 순수한 열기에서 비롯된 관능적 충동도 슬쩍 찾아왔다. 그녀의 얼굴은 행복으로 환하게 빛나고 있었다. 마치 중세의 소박한 한 폭 그림 같았다. 화가가 다른 모든 것은 무시한 채 오로지 황금빛 하늘색에 물든 그 얼굴만 집중해서 그린 것 같았다.

"이분은 두 잔밖에 안 마셨어요, 아주머니."

"그래, 술통을 달고 다니는 술꾼이 아니라는 증거 아니니? 오히려 칭찬할 만한 일이란다."

그때 보트랭이 살며시 들어와 이 두 젊은이의 그림 같은 모습을 지켜보았다. 그러더니 쿠튀르 부인에게 말했다.

"이 청년에겐 자꾸 마음이 가고 감동을 받습니다. 그 아름다운 영혼이 준수한 외모와 조화를 이루고 있기 때문이지요. 보세요. 천사가 천사의 어깨에 기댄 것 같지 않아요? 만약 내가 여자라면 저 사람을 위해 죽고 싶은 게 아니라, 저 사람을 위해 살고 싶을 겁니다. 나는 그 정도로 바보는 아니니까요."

그는 몸을 숙여 쿠튀르 부인의 귀에 작은 목소리로 속삭였다.

"어떻습니까? 하느님의 섭리 같지 않아요?"

그러더니 이번에는 큰 소리로 말했다.

"둘이 이렇게 순수한 모습으로 앉아 있는 걸 보니 앞으로 둘이 절대로 떨어질 수 없는 사이라고 생각할 수밖에 없군. 하느님은 참 공정하셔. 내가 그대들 관상을 보니 둘이 잘 살 것 같아요. 빅토린 양, 내게 손 한번 줘볼래요? 내가 손금을 좀 봐줄 테니."

그는 빅토린의 대답도 듣지 않고 그녀의 손을 잡고 들여다보았다.

"오! 이게 뭐야? 정직한 파리 사람으로서 내 이름을 걸고 말하지요. 당신은 머지않아 파리에서 제일 부유한 상속인이 될 것이오. 당신을 사랑하는 사람을 듬뿍 행복하게 해줄 거란 말이오. 아가씨 부친이 아가씨를 집으로 부르게 될 거라니까."

그가 가버리자 빅토린이 한숨지으며 쿠튀르 부인에게 말했다.

"아! 아주머니, 저분의 말이 사실이라면!"

"그렇게 되려면 한 가지가 꼭 이루어져야 한단다. 네 괴물 같은 오빠가 말에서 떨어져야 하지. 세상에 아무리 원수라도 잘 못되길 바라는 건 죄가 되겠지. 하지만 난 그런 생각을 했다고 신부님께 고백할 거야. 착한 마음을 담은 꽃다발은 그놈 무덤에나 갖다놓을 거야. 나쁜 놈 같으니! 네 몫의, 어머니가 가져온 지참금까지 차지하려는 놈!"

"제 행복의 대가로 누군가 목숨을 잃어야 한다면 저는 괴로울 거예요. 오빠가 죽는 거보다는 차라리 여기서 계속 사는 게 나아요."

두 여자는 실비의 도움을 받아 외젠을 그의 방 침대에 눕혔다. 방에서 나가려고 쿠튀르 부인이 등을 돌리자 빅토린은 외젠의 이마에 재빨리 키스를 했다. 그리고 그 도둑 키스로 더없이 행복해했다. 그녀는 외젠의 방을 둘러보며 이날 있었던 수많은 행복들을 모아 마음속에 한 폭의 그림을 그렸다. 방으로 돌아온 그녀는 파리에서 가장 행복한 처녀가 되어 잠이 들었다.

보드랭이 외젠과 고리오 영감에게 수면제가 든 포도주를 마시게 해서 벌인 이 한판의 잔치가 결국 보트랭 자신의 파멸에 결정적인 역할을 했다. 비앙숑은 반쯤 취해서 미쇼노 노파에게 '불사조'에 대해 물어봐야겠다고 생각했던 것을 잊어버렸다. 만약 그가 그 이름을 입 밖에 냈더라면 분명 보트랭이 바짝 경계를 했을 것이다. 아니, 이제 똑바로 말하자. 보트랭이 아니라 감옥의 유명 인사 자크 콜랭이 말이다.

또한 마드무아젤 미쇼노는 내심 보트랭에게 미리 알려줘서 도망가게 하는 게 낫지 않을까 하는 생각도 있었다. 그녀는 평소에 그를 좋게 보고 있었기 때문이었다. 그런데 보트랭이 그녀에게 '페르 라셰즈 묘지의 비너스'라는 별명을 붙이는 바람에 발끈해서 이 탈옥수를 경찰에 넘기겠다고 결심하고 말았다.

제3장 불사조

그녀는 푸아레와 함께 하숙집을 나와 바로 그녀가 아직 '공뒤로'라는 이름으로 알고 있는 공안 경찰부장을 찾아갔다. 그리고 그에게서 물약을 받았다. 공안 경찰부장은 콜랭이 도둑들의 우두머리로서 '그를 잡으면 수백 건의 범죄를 미연에 예방할 수 있다, 정말로 국가에 공헌하는 일이다'라고 말하면서 그들의 결심에 못을 박았다. 그가 말했다.

"마드무아젤 미쇼노, 내일 제가 '왕의 정원'에 부하들을 데리고 가 있겠습니다. 크리스토프를 뷔퐁 거리에 있는 공뒤르 씨 집으로 보내세요. 제가 있었던 그 집 말입니다."

그리고 드디어 다음 날, 보케 하숙집 역사상 가장 특이한 일 중의 하나로 꼽힐 그런 일이 벌어졌다.

고리오와 외젠 드 라스티냐크는 오전 11시까지 잠을 잤다. 보케 부인은 극장에서 통속극을 보고 와서 아침 10시 반까지 침대에 누워 있었다. 보트랭이 따라준 포도주를 넙죽넙죽 받아 마신 크리스토프까지 늦잠을 자니 하숙집의 모든 일들이 지연되었다. 푸아레와 마드무아젤 미쇼노는 아침 식사 시간이 늦어져도 불평하지 않았다. 빅토린과 쿠튀르 부인도 늦잠을 잤다. 보트랭은 8시도 안 되어 외출했다가 아침 식사가 차려질 시간쯤 되어 돌아왔다. 크리스토프가 방방이 문을 두드리며 아침 식사 준비가 되었다고 외치고 다닐 때는 이미 오전 11시 15분이었다.

외젠이 기지개를 켜고 제일 늦게 아래층으로 내려오니 심부름꾼이 와서 누싱겐 부인의 편지 한 장을 전해주었다. 2시까지 오길 기다렸다, 대체 무슨 일이 일어난 거냐, 화는 나지만 용서해주겠다, 당신이 부르면 당장이라도 달려가겠다는 내용이었다. 편지 앞부분과 뒤에 사랑한다는 말이 여러 번 쓰여 있었다. 외젠도 도대체 무슨 일이 일어난 건지 알 수가 없었을 뿐이었다. 그는 편지를 구겨 쥐었다. 그리고 고개를 절레절레 흔들며 식당으로 들어갔다.

식당으로 들어서니 보트랭이 커피에 설탕을 넣으며 외젠에게 냉정하면서도 매혹적인 눈길을 던졌다. 사람을 끌어들이는 힘이 있는 시선이었으며 정신병원에서 날뛰는 광인도 진정시킬 만한 시선이었다. 외젠은 사지가 덜덜 떨렸다.

그때 길에서 마차소리가 들렸다. 잠시 후 타유페르 씨네 제복을 입은 하인이 서둘러 들어왔다. 쿠튀르 부인은 금방 그 하인을 알아보았다.

하인이 큰 소리로 말했다.

"아가씨, 아버님께서 부르십니다. 대단히 불행한 일이 일어났습니다. 프레데리크 도련님이 결투를 해서 이마를 검에 찔렸습니다. 의사들 말로는 살아날 가망이 없다고 합니다. 이미 의식이 없으니 도련님께 작별 인사를 할 시간이 있을지 없을지도 모르겠습니다."

"가엾은 청년! 연금이 3만 프랑이나 되는 사람이 결투는 왜 하나? 정말이지 젊은이들은 앞가림을 못한다니까." 보트랭의 말이었다.

"보트랭 씨!"

외젠이 그에게 외쳤다.

"그래, 왜 그러나, 이 사람아." 그는 태연히 커피를 마시며 말했다. 마드무아젤 미쇼노는 바짝 주위를 기울여 그 모습을 바라보고 있었다.

쿠튀르 부인이 빅토린에게 가자고 말했다. 두 여자는 숄도 안 두르고 모자도 쓰지 않은 채 부랴부랴 자리를 떴다. 떠나면서 빅토린은 눈물을 펑펑 흘리며 외젠을 바라보았다. 어제의 행복과 지금의 슬픔이 함께 들어 있는 시선이었다.

그들이 나가자 보케 부인이 보트랭에게 말했다.

"보트랭 씨, 당신은 정말 예언자 같아요."

"암튼 빅토린 양에게는 행운이지요. 그녀 아버지도 딸을 인정하지 않을 수 없게 되었으니."

그가 이번에는 외젠을 보며 말했다.

"어제만 해도 무일푼이었는데, 오늘 아침에 백만장자가 되었군."

그러자 보케 부인이 맞장구쳤다.

"정말이지 외젠 씨, 당신 제대로 짚은 셈이에요."

그 소리에 고리오 영감이 외젠을 쳐다보았다. 그리고 그가 손에 들고 있는 구겨진 편지로 눈길을 돌렸다.

"끝까지 다 읽지도 않았군. 자네도 다른 남자들과 같은 남자란 말인가?"

그러자 외젠이 말했다.

"보케 부인, 저는 절대 빅토린 양과 결혼하지 않을 겁니다."

그가 어찌나 끔찍하게 역겹다는 표정을 지으며 말했는지 모두들 깜짝 놀랄 정도였다. 고리오 영감이 외젠의 손을 꽉 쥐었다. 손에 입맞춤이라도 할 기세였다.

그때 외젠의 대답을 기다리느라 아직 가지 않고 있던 누싱겐 부인의 심부름꾼이 라스티냐크에게 말했다.

"저, 대답을 좀 해주셔야……."

"간다고 전해주시오"라고 외젠이 대답했다. 심부름꾼이 물러

갔다.

보트랭은 외젠의 말을 듣고 미소 짓기 시작했다. 순간 마드무아젤 미쇼노가 그의 커피에 탔던 물약이 효과를 발휘하기 시작했다. 그런데도 그는 벌떡 일어나 라스티냐크를 쳐다보며 큰 소리로 말했다. 그는 그만큼 건장했다.

"젊은이, 좋은 일은 잠자는 동안 찾아오는 법이라네."

말을 마친 그는 그 자리에서 그대로 쓰러졌다. 마드무아젤 미쇼노가 재빨리 그에게 다가오더니 말했다.

"뇌일혈인가 봐요. 실비, 얼른 가서 의사 선생 좀 모셔와."

그러자 보케 부인이 외젠에게 말했다.

"아! 라스티냐크 씨, 얼른 비앙숑 씨 집으로 가주세요. 실비가 의사 선생을 못 만날지도 몰라요."

라스티냐크는 이 무시무시한 동굴 같은 곳을 떠날 핑계가 생겨 다행이라고 생각하고 냉큼 그 자리를 떠났다. 마드무아젤 미쇼노는 크리스토프에게 약국으로 달려가 뇌일혈 약을 사오라고 시켰다. 사람들이 힘을 모아 보트랭을 간신히 그의 방 침대에 눕혔다. 고리오 영감은 딸에게 가보겠다며 아래로 내려갔다. 마드무아젤 미쇼노는 보케 부인에게 에테르가 있는지 찾아봐 달라고 내보냈다. 푸아레는 그저 멍청히 있을 뿐이었고 모든 일을 다 미쇼노 노파가 알아서 했다.

이제 방 안에는 침대에 뻗어 누운 보트랭과 그 두 명밖에 없었다. 둘은 보트랭의 셔츠를 벗기고 돌려 눕혔다. 마드무아젤 미쇼노가 그의 어깨를 세게 한 번 때렸다. 그랬더니 빨개진 자리 한복판에 숙명의 두 글자, T와 F가 나타났다. 둘은 보트랭에게 셔츠를 다시 입혔다.

그때 보케 부인이 에테르를 들고 다시 나타났다. 그리고 보트랭의 맥박을 짚어보았다. 정상이었다.

보케 하숙에서 그런 일이 벌어지고 있던 바로 그 순간 라스티냐크는 바람을 쐬며 뤽상부르 공원을 걷고 있었다. 정해진 시각에 저질러진 이 범죄. 자신도 알고 있던 이 범죄. 그는 자기가 이 사건의 공범이라는 것을 생각하며 몸을 부르르 떨었다. 자기가 전날 막으려 했었다는 사실도 위안이 되지는 않았다. 그는 속으로 생각했다.

'만일 보트랭이 저대로 죽어버린다면?'

그때 그는 공원에서 비앙숑을 만났다. 자주 만나곤 하던 곳이었다. 그를 보자마자 비앙숑이 그에게 물었다.

"자네 신문 읽어봤나?"

"아니?"

"거기 재미있는 기사가 났다네. 타유페르 씨 아들이 옛 근위대 출신 프랑셰시니 백작과 결투를 했는데 이마를 두 치나 깊숙이 찔렸다네. 이제 빅토린 아가씨는 파리에서 가장 부자 신붓감이 되었지. 빅토린이 자네를 좋게 보고 있다는데 사실이야?"

"닥쳐. 비앙숑, 난 절대로 그 여자와 결혼 안 해. 내가 사랑하는 여자는 따로 있어. 그녀도 나를 사랑하고 있어."

"꼭 배신자가 되지 않으려고 안간힘을 쓰는 것 같군. 어디, 타유페르 씨, 재산을 다 포기할 만큼 대단한 여자인 모양이지?"

"아, 왜 내 뒤에는 이렇게 악마란 악마는 다 뒤따라다니는 건가!"

"갑자기 악마는 무슨 악마? 자네 정신이 나갔나?"

"잔소리 말고 보케 하숙집에나 얼른 가봐. 그 악당 보트랭이 방금 시체처럼 쓰러졌다고."

"정말? 이거 점점 더 궁금한 게 많아지네."

비앙숑은 외젠을 놔둔 채 보케 하숙으로 갔다.

법대생 외젠은 오랜 시간 홀로 산책을 했다. 엄숙한 산책이었다. 그는 자기 양심을 한번 더 점검해본 것이었다. 그는 고리오 영감이 전날 밤 그에게 은밀히 해주었던 이야기를 다시 생각했다. 그리고 그를 위해 마련해놓은 아파트를 머리에 떠올렸다. 영감과 델핀을 배신할 수는 없었다. 그것이 그를 지탱해준 최후의 양심이었다. 그는 그녀의 편지를 꺼내 다시 읽고 거기입을 맞추었다. '이런 사랑이 내가 최후에 닻을 내릴 곳이야'라고 그는 생각했다.

'만일 내가 그녀를 버리면 불쌍한 노인이 얼마나 괴롭고 가슴 아프겠어. 그는 아무에게도 말은 안 하지만 가슴속 깊이 슬픔을 간직하고 있는 사람이야. 그래! 내가 그분을 아버지처럼 돌봐드릴 거야. 수많은 즐거움도 맛보게 해드릴 거야. 만약 그녀가 나를 사랑한다면 종종 내 집에 와서 낮 동안을 지내겠지. 그러면 아버지는 딸 곁에서 행복해하겠지. 소중한 델핀, 그녀는 언니보다 훨씬 나은 여자야. 언니는 아버지를 겨우 문지기로 세우겠지. 그래, 그녀는 사랑받을 만한 여자야.'

그의 생각은 끝도 없이 이어졌다. 그는 선물로 받은 시계를 감탄스런 눈으로 들여다보았다.

'그래, 영원히 사랑하는 사이라면 서로를 도와줄 수 있는 거야. 그래, 이 선물은 받아도 돼. 난 분명 출세할 거고, 그러면 백

배로 갚아줄 수 있어. 그녀와 사랑을 나누는 것? 부끄러울 것 하나 없어. 그녀는 남편과 떨어져 지낸 지 오래됐어. 난 그 알자스 출신 남자에게 말할 거야. 당신이 행복하게 해줄 수 없는 여자를 내게 넘겨주라고!'

그는 누를 길 없는 호기심에 오후 4시 반쯤 보케 하숙으로 발걸음을 옮겼다. 저녁 어스름이 내릴 무렵이었다. 그는 하숙으로 발길을 향하면서 마음속으로는 그 집을 영영 떠나겠다고 다짐하고 또 다짐했다. 하지만 지금 당장 궁금한 것은 보트랭이 죽었는지 살았는지 여부였다.

라스티냐크가 하숙집으로 들어갔을 때 보트랭은 식당 난로 옆에 앉아 있었다. 외젠이 없는 사이 비앙숑은 보트랭에게 구토 약을 먹여 토하게 했다. 그리고 그 내용물을 병원으로 가져가 분석하게 하려 했다. 보트랭이 너무도 빨리 회복되는 걸 보고 그가 병에 걸린 게 아니라고 생각되었던 것이다. 그는 이 쾌활한 바람잡이를 제거하려는 모종의 음모가 있다고 생각했다. 게다가 마드무아젤 미쇼노가 굳이 토사물을 갖다 버리라고 고집을 부리는 바람에 의혹이 더 커졌다.

고리오 영감만 빼놓고 모든 하숙인들이 모여 이야기를 나누고 있었다. 외젠의 눈이 흔들림 없는 보트랭의 시선과 마주쳤다. 그의 시선이 자신의 마음속을 꿰뚫는 것 같아 외젠은 흠칫 전율을 느꼈다.

"자, 젊은이. 죽음이란 놈이 아무리 싸움을 걸어와도 내게는 못 이길 걸세. 놈은 나를 피해가지. 이 부인들 말대로라면 황소도 못 이겨낼 뇌일혈을 내가 당당히 이겨냈지."

"정말 황소 같다는 게 꼭 맞는 말이에요"라고 보케 부인이 맞장구를 쳤다.

보드랭이 외젠의 귀에 대고 말했다.

"내가 살아난 걸 봐서 기분 나쁜가? 어때, 난 정말 겁나게 강한 남자지?"

"그러게요. 그저께 마드무아젤 미쇼노가 얼핏 '불사조'라는 별명을 가진 남자 이야기를 누구와 하는 것 같던데, 그 이름이 당신과 잘 어울리겠네요." 옆에 있던 비앙숑의 말이었다.

그 말에 보트랭의 표정이 싹 바뀌었다. 그의 얼굴이 창백해졌다. 그리고 강렬한 눈길로 마드무아젤 미쇼노를 노려보았다. 마드무아젤 미쇼노는 그 눈길에 온몸에 힘이 다 빠져나가는 것 같았다. 도대체 영문을 알 수 없었던 하숙인들은 그저 어안이 벙벙해서 서로 얼굴만 쳐다보고 있을 뿐이었다.

바로 그때였다. 어지러운 발자국 소리와 함께 총소리가 들렸다. 콜랭은 얼른 빠져나갈 곳을 찾았다. 하지만 곧바로 네 명의 경찰이 응접실로 들이닥쳤다. 한 명은 공안 경찰부장이었고 나머지 셋은 부하 경찰들이었다. 곧이어 헌병 두 명이 살롱 문을 막아섰고 또 다른 두 명이 계단으로 나가는 문을 봉쇄했다. '불사조'가 달아날 수 있는 길은 모두 막혀버렸다.

경찰부장이 콜랭에게 다가와 그의 머리를 한 대 내려쳤다. 어찌나 세게 때렸던지 머리에 쓰고 있던 가발이 벗겨져 그의 본모습이 드러났다. 콜랭의 얼굴로 피가 확 몰렸고 두 눈은 살쾡이처럼 번쩍거렸다. 그는 사자처럼 울부짖으며 그 자리에서 뛰어올랐다. 경찰관들은 일제히 소총을 그에게 겨누었다.

콜랭은 금방 위험을 감지했다. 그리고 인간이 보여줄 수 있는 최고의 모습을 재빨리 보여주었다. 그의 얼굴이 금세 평온을 되찾은 것이다. 산이라도 들어 올릴 듯한 기세로 끓어오르다가 차가운 물 한 대접에 가라앉아 버린 냄비 속의 물 같았다. 두렵고도 장엄한 광경이었다. 그는 미소를 지으며 자신의 가발을 바라보았다. 그리고 경찰부장에게 차분하게 말했다.

"당신은 예의하고는 거리가 먼 사람이군."

그런 후 그는 두 손을 경찰들에게 내밀고 까딱 고갯짓으로 그들을 불렀다.

"여러분, 내게 수갑을 채우든지 내 양손 엄지를 쇠사슬로 묶든지 마음대로 하시오. 저항하지 않겠소. 여기 계신 모든 분들을 증인 삼아 맹세하오." 그런 후 경찰부장에게 말했다.

"왜, 어이가 없나? 법정에 피고나 조달하는 이 양반아."

이 인간 화산에게서 용암과 불이 어찌나 빨리 치솟았다가 꺼져 내리는지 직접 본 식당 안 사람들은 모두 감탄하며 웅성거렸다.

콜랭은 잠시 쉬었다가 뭔가 해줄 이야기가 있는 듯, 마치 연단이 연사처럼 좌중을 둘러보았다. 그런 후 그는 식탁 끝에 앉아 있던 머리가 하얗게 센 노인에게 말했다. 그 노인은 체포조서를 펼쳐놓고 있었다.

"자, 내가 부르는 대로 적으시오, 라샤펠 양반. 나는 자크 콜랭, 일명 '불사조'임을 인정하오. 20년 징역형을 받은 죄수요. 내 별명은 함부로 붙여 쓴 게 아님을 내가 방금 증명했소."

그의 말을 들은 보케 부인이 기분 나쁜 표정으로 하녀 실비에게 말했다.

"맙소사, 내가 어제 저 사람과 게테 극장에 갔었다니!"

그 소리를 들은 보트랭, 아니 자크 콜랭이 말했다.

"그런 말 말아요, 엄마. 나와 게테 극장에 간 게 그렇게 나쁜 일인가요? 당신들이 우리보다 나은 게 뭐 있지요? 우리가 파렴치하다고요? 겉으로 드러난 우리보다 당신들 마음속이 더 파렴치할 걸요. 당신들은 타락한 사회의 무기력한 구성원일 뿐이지. 당신들 중 가장 낫다는 인간도 나에겐 저항하지 못했지."

그러면서 그는 라스티냐크를 바라보았다. 거친 얼굴 표정에 희한하게 부드러운 미소를 띠고 그가 말했다.

"어쨌든 우리가 했던 거래는 아직 유효하다네, 이 사람아. 자네가 승리할 경우에 말일세! 알겠나?"

그러면서 그는 노래를 불렀다.

나의 팡셰트는 매력적이야.

단순하단 말이야.

이제 이 남자는 더 이상 평범한 한 남자가 아니었다. 그는 타락한 국민 전체였고, 야만적이면서 논리적이고 거칠면서도 유연한 한 종족의 전형이었다. 한순간에 콜랭은 지옥의 시로 변했으며 그 시 속에는 뉘우침만 빼놓고는 인간의 모든 감정이 담겨 있었다. 라스티냐크는 마치 속죄라도 하듯이 이 남자와의 공모관계를 시인하고 눈을 내리깔았다.

"누가 날 밀고한 거지?"

콜랭이 무시무시한 눈길을 이리저리 보내면서 말했다. 그 눈길이 마드무아젤 미쇼노에게 멈추었다.

"너로구나? 경찰 앞잡이 할망구! 넌 나에게 가짜 뇌일혈을 일으켰어. 내가 한두 마디만 하면 네 목을 톱으로 잘라버리게 할 수도 있어. 하지만 널 용서하지. 난 그리스도 신자니까. 게다가 애당초 날 팔아넘긴 건 네가 아닐 테니. 누군지 내가 짐작이 가지. '필 드 수아', 그놈이 틀림없어. '비단 실'이라고? 별명만 그럴듯한 더러운 놈. 내 경찰 나리들에게 약속하지. 그놈은 보름 안에 끝장날 거야. 헌병들이 총동원되어 보호해주어도 소용없어. 저 미쇼노 년에게는 몇천 프랑 정도 주었겠지. 이런 온몸에 종양을 덕지덕지 붙인 년 같으니! 페르 라셰즈 묘지의 비너스가 딱 맞는 년이야. 내게 미리 알려줬으면 아마 6,000프랑쯤 줬을 텐데. 남의 몸을 팔아넘기는 더러운 년! 날 감옥으로 보낸다고? 좋지. 나는 거기서도 곧 내 업무에 착수할 거야. 거기 가면 모두들 자기 대장, 즉 나 '불사조'를 탈옥시키기 위해 무슨 짓이든 할걸. 당신들 중에 나처럼 날 위해 무슨 일이든 할 형제를 1만 명 이상 가진 사람 있어?"

그때 보트랭의 방을 모두 뒤진 형사들이 식당으로 들어와 경찰부장에게 아무것도 없다고 보고했다. 이윽고 조서 작성이 완성되었다. 그러자 마지막으로 콜랭이 둘러선 사람들에게 말했다.

"이제 이자들이 날 끌고 가오. 여러분은 내가 여기 있는 동안 참 잘해주었소. 내가 두고두고 고맙게 생각할 거요."

그는 몇 걸음 내딛더니 다시 돌아서서 라스티냐크를 바라보았다.

"잘 있게. 외젠. 자네가 곤경에 처하게 될지도 몰라서 내가 자네의 충실한 친구 한 명을 남겨두고 가네. 불행한 일을 겪으면 그에게 말하게. 사람이건 돈이건 다 얻게 해줄 거니까."

지금까지의 격한 어조와는 달리 부드럽고 서글픈 음성이었다. 아무도 그 말을 이해하지 못했다. 라스티냐크와 콜랭 본인 두 명만 그 뜻을 알 수 있을 뿐이었다. 그는 헌병에게 양팔을 잡힌 채 끌려 나갔다.

그들이 모두 빠져나가자 실비가 무심코 한마디 했다.

"아, 좋은 분이셨는데……."

실비의 그 말 한마디가 모두를 사로잡고 있던 일종의 감동에서 빠져나올 수 있게 했다. 순간 하숙인들은 서로를 살펴보더니 일제히 미라처럼 말라빠진 미쇼노 노파에게 눈길을 던졌다. 난로 옆에 앉은 그녀는 눈을 내리깔고 있었다. 오래전부터 하숙인들의 반감을 자아내던 이 얼굴이 순간 모두에게 더없이 역겹게 느껴졌다. 미쇼노 자신도 그것을 느끼고 있었다. 하지만 그녀는 그대로 앉아 있었다.

제일 먼저 입을 연 건 비앙숑이었다.

"저 노파가 이대로 우리와 계속 저녁을 먹게 된다면 난 이 하숙에 오지 않을 거예요."

눈 깜짝할 사이에 푸아레만 빼놓고 모두 비앙숑의 제안에 동의했다. 비앙숑은 암묵적 동의를 받고 푸아레 쪽으로 다가가 말했다.

"아저씨가 마드무아젤 미쇼노와 제일 친하지요? 이 일도 같이 했겠지요? 둘 다 지금 당장 여기서 나가야 한다고 저분에게 알려주세요."

"지금 당장?"

그는 미쇼노 노파 옆으로 가서 몇 마디 귓속말을 했다. 그러자 미쇼노 노파가 독사 같은 눈초리를 하고 말했다.

"난 하숙비를 미리 다 냈는데요. 돈 낸 만큼은 살아야지요."

그러자 라스티냐크가 말했다.

"그런 건 걱정 마세요. 모자라면 우리가 돈을 모아 환불해줄 테니까요."

그러자 미쇼노가 독기를 품은 시선을 외젠에게 던지며 말했다.

"당신, 콜랭 편을 들고 있군. 흥, 내가 이유를 모를 줄 알고?"

이 말에 외젠은 그녀의 목이라도 조를 듯이 자리에서 벌떡 일어났다. 그러자 하숙인들이 일제히 그를 말렸다.

이 집에서 저녁을 먹는 하숙인 중 하나인 화가가 나서서 보케 부인에게 말했다.

"보케 부인, 만약 당신이 저 여자를 내보내지 않는다면 우리 모두 이 집구석을 떠날 거요. 가는 곳마다 이곳에는 스파이와 배신자만 산다고 떠들고 다닐 거요. 아니, 죄수도 산다고 해주지. 만약 저 여자를 내보내면 모두 입을 다물 겁니다."

그러자 비앙숑이 맞장구를 쳤다.

"여러분, 모두 모자를 쓰세요. 다 같이 소르본 광장, 플리코트 식당으로 갑시다."

이해타산이 빠른 보케 부인은 얼른 미쇼노 노파에게 가서 말했다.

"설마 우리 하숙집이 망하는 걸 바라지는 않겠지요? 자, 얼른 당신 방으로 올라가 오늘 밤 안으로 정리해줘요."

그러자 하숙인들이 소리쳤다.

"천만에, 지금 당장!"

푸아레가 나서서 말했다.

"아니, 아직 저녁도 안 먹었는데요."

그러자 여러 사람이 한꺼번에 고함을 질렀다.

"어디든 마음대로 가서 먹어라!"

"나가라, 고자질쟁이 년!"

"나가라, 고자질쟁이 놈!"

마드무아젤 미쇼노는 버틸 재간이 없었다. 그녀가 푸아레를 쳐다보며 그의 팔을 끼려는 몸짓을 했다. 그는 다가가서 팔짱을 낄 수밖에 없었다. 박수갈채와 함께 한바탕 폭소가 터졌다.

"브라보, 푸아레!"

"늙은이 푸아레!"

"아폴론 푸아레!"

"용감한 푸아레!"

그때였다. 심부름꾼 하나가 보케 부인에게 편지를 전했다. 그녀는 편지를 읽더니 의자에 털썩 주저앉았다.

"아이고, 아예 내 집에 불을 질러버리든지! 타유페르 씨 아들이 3시에 죽었대요. 아이고, 그 두 여자가 잘되길 바랐던 내가 미친년이지. 잘되자마자 우리 집을 떠나겠다는데…… . 아이고, 이제 방이 넷이나 비고 하숙인은 다섯이나 줄어들었네."

그 순간 집 앞에 마차 멈추는 소리가 들렸다. 이어서 고리오 영감이 만면에 희색을 띠고 들어왔다. 회춘한 것 같은 얼굴이었다.

"고리오 영감이 마차를 타다니 해가 서쪽에서 뜨겠네"라고 하숙인들이 입을 모아 말했다.

영감은 곧장 구석에서 생각에 잠겨 있는 외젠에게 가더니 그의 팔을 잡았다.

"자, 자네 집에서 내 딸과 저녁을 하기로 약속했어. 어서 가자고!"

그 모습을 보고 화가가 소리쳤다.

"그래, 우리도 저녁을 먹읍시다."

그의 한 마디에 모두 식탁 주변에 빙 둘러 앉았다. 보케 부인은 평상시 열여덟 명이 둘러앉던 식탁에 열 명만 자리를 잡는 것을 보고 기가 막혔다.

고리오 영감과 외젠은 마차를 타고 아르투아 거리로 갔다. 영감은 4년 만에 딸과 저녁을 하게 되었다는 기쁨에 들떠 있었다. 딸 곁에서 식사를 한다면 쏠개즙이라도 꿀맛일 것만 같았다. 마차에서 내린 영감은 마부에게 10프랑이나 집어주었다. 그는 라스티냐크를 붙들고 아름다운 건물 4층 아파트로 올라갔다. 누싱겐 부인의 하녀 테레즈가 문을 열어주었다. 응접실 하나, 작은 살롱 하나, 침실, 정원이 내려다보이는 서재를 갖춘 아담한 독신자용 아파트였다.

외젠은 불빛 아래 의자에 앉아 있는 델핀을 알아보았다. 그녀는 의자에서 일어나며 애정이 담뿍 담긴 목소리로 말했다.

"매정한 사람, 꼭 가서 모셔와야만 하겠어요?"

외젠은 양팔을 벌려 델핀을 품에 안고 눈물을 흘렸다. 하루 동안 너무 엄청난 일들을 겪은 탓에 가뜩이나 마음과 머리가 정리되지 않고 있던 외젠은 아까 보았던 광경과 지금의 광경이 너무 대조적이어서 정신이 하나도 없었다. 외젠은 탈진하여 의자에 털썩 주저앉고 말았다.

그런 그를 그녀가 일으키더니 침실로 데려갔다. 융단과 가구를 비롯해 세세한 것까지, 모두 델핀의 집 침실을 그대로 축소해 옮겨놓은 모습이었다. 외젠의 눈길이 그녀를 향했다. 그녀는 얼굴을 붉히고 있었다. 그는 아직 젊었지만 사랑에 빠진 여자의 마음속 부끄러움이 어떤 건지 알 것 같았다.

그가 그녀의 귀에 대고 말했다.

"당신은 영원히 사랑할 수밖에 없는 여인입니다. 제가 감히 말하지요. 진실한 사랑은 은밀하고 신비로워야만 합니다. 우리의 비밀을 아무에게도 내보이면 안 됩니다."

그러자 곁에 있던 고리오 영감이 투덜거리듯 말했다.

"아니, 나도 '아무'란 말인가?"

외젠이 말했다.

"아버님은 '우리'라는 걸 잘 아시면서……."

"괜히 해본 소리야. 암튼 나는 신경들 쓰지 마. 난 있는 듯 없는 듯 드나들 거니까."

델핀은 아버지를 놔두고 외젠을 서재로 데려갔다. 둘은 가볍게 키스를 나누었다.

그녀가 그에게 말했다.

"어때요? 당신이 원하던 걸 제대로 알아맞힌 건가요?"

"그럼요, 너무 잘 맞힌 거지요. 너무 과분할 정도로……. 하지만, 전 당신께 이걸 받을 수가 없어요. 저는 아직 너무 가난해서……."

"아니 거절한다고요? 그게 무슨 뜻인지 알고 하는 소리예요? 언제까지나 나를 사랑할지 확신이 서지 않는다는 거지요? 망설이거나 물러설 필요 없어요. 내겐 당신을 위해 쓸 돈이 있었고 난 그걸 제대로 쓴 것뿐이에요. 그게 다예요. 당신은 내게 정말로 큰 걸 요구하면서, 하찮은 거에는 격식을 차리네요. 내 사랑을 원하면서……. 좋아요, 당신이 나를 사랑하지 않는다면, 받아들이지 말아요."

그는 아무 말도 못 하고 가만히 있을 뿐이었다.

"당신 앞에는 장벽이 많지요? 그 장벽 중 하나를 내가 치워 주는 건데 당신은 뒤로 물러나네요. 지금 당신이 살고 있는 방은 아빠 방과 비슷하겠지요? 참 보기 좋겠네요. 당신은 그런 데서 지내면 안 돼요. 당신은 틀림없이 성공해요. 멋지게 출세 할 거예요. 그 잘생긴 이마에 성공이라고 쓰여 있어요. 내가 지금 빌려준 걸 나중에 성공해서 갚으면 되잖아요. 옛날 귀부인들도 사랑하는 사람이 전장에 나갈 때면 갑옷, 칼, 투구 등을 마련해서 주었어요. 자기 이름을 걸고 싸우게 만든 거지요. 나는 당신에게 세상에 나가 싸우기 위해 꼭 필요한 무기를 갖춰준 거예요. 자, 이제 더 이상 날 속상하게 하지 말아요. 아빠, 제발 이 사람 마음 좀 정하게 만들어주세요. 이 사람이 이걸 거절하면 다시는 이 사람을 보지 않을 거예요."

어느새 그들 곁에 와 있던 고리오 영감이 나섰다. 영감은 닳고 닳은 지갑을 꺼내며 말했다.

"자, 내가 결심하게 해주지. 자네, 내 딸에게 빚을 지기 싫은 거 아닌가? 하지만 자네는 내 딸에게 단 한 푼도 빚이 없어. 내가 청구서 금액을 다 지불했네. 여기 영수증이 있으니 보게나. 뭐, 그리 큰 금액도 아냐. 기껏해야 5,000프랑 정도지. 내가 그걸 자네에게 빌려준 셈이야. 나는 여자가 아니니 거절 못 하겠지. 종이에 고맙다고 써서 나중에 내게 건네주기만 하면 돼."

외젠과 델핀은 놀란 얼굴로 서로 쳐다보았다. 둘의 눈에 동시에 눈물이 흘러내렸다. 라스티냐크는 손을 내밀어 영감의 손을 꼭 잡았다.

"아니, 왜 이래. 너희는 모두 내 자식들인데!"

"오, 가엾은 아버지, 도대체 어떻게 하신 거예요?"

"네가 이 친구 집을 마련하고 마치 결혼 앞둔 신부처럼 이것저것 사들이는 걸 보면서 '우리 딸 형편이 어렵겠다'고 생각했단다. 소송 대리인 말로는 네 남편에게 제기한 소송을 통해 그자가 재산을 내놓기까지는 반년 넘게 걸릴 거라더라. 나는 생각했단다. '좋아, 내 평생 연금 공채를 팔면 되지!' 그래서 매년 1,350프랑씩 받을 수 있는 연금 공채를 팔았어. 그걸 1,200프랑짜리 연금 공채로 바꾸고 나머지 돈으로 물건 값들을 지불한 거야. 나는 그 정도로도 충분히 지낼 수 있어. 나는 저 하숙집 꼭대기 방에 살면서 1년에 150프랑만 내면 돼. 또 하루에 2프랑이면 왕자처럼 남부럽지 않게 살 수 있어. 난 낭비도 안 하고,

옷도 거의 필요 없어. 그러니 1,200프랑이면 오히려 돈이 남아. 자, 너희도 행복하지?"

누싱겐이 아버지의 무릎으로 뛰어오르더니 뺨에 입을 맞추며 말했다.

"사랑하는 아버지, 진짜 우리 아버지! 하늘 아래 아버지 같으신 분은 둘도 없으실 거예요."

딸의 심장이 자기 심장 가까이서 뛰는 것을 10년 만에 처음 느껴본 아버지가 말했다.

"델피네트, 나 이러다 기뻐서 죽을 것 같구나. 심장이 터질 것 같아. 자, 외젠 군, 이제 우리 돈 계산은 다 끝난 거네."

노인은 딸을 거의 미친 사람처럼 거칠게 끌어안았다. 그러자 딸이 말했다.

"아, 아파요, 아빠."

그러자 노인의 얼굴이 금세 창백해지며 말했다.

"오, 내가 널 아프게 하다니."

그는 고통스러운 표정으로 딸을 바라보았다. 인간의 한계를 넘어선 표정이었다. 그의 모습은 부성애(父性愛)의 그리스도라고 할 만했다. 그 표정을 제대로 그려낸다면, 구세주 예수가 인간을 위해 겪은 수난을 묘사한 거장들의 그림에서나 비슷한 것을 찾을 수 있을 정도였다.

노인이 딸에게 따지듯이 말했다.

"내 딸아, 네가 아픈 것보다 네 비명 소리가 나를 더 아프게 한단다. 암튼 얘야, 저 친구는 소중한 친구야. 그를 잡아야 해."

외젠은 노인의 그 한없이 헌신적인 모습을 보고 거의 아연실색할 정도였다.

그가 소리 높여 당당하게 말했다.

"저는 이 모든 것을 받을 만한 자격이 있는 사람이 되겠습니다."

"오, 나의 외젠, 너무나 멋진 말이에요." 누싱겐 부인이 외젠의 이마에 입술을 갖다 댔다. 그 모습을 보고 고리오 영감이 말했다.

"이 친구는 너 때문에 타유페르 양을 거부했단다. 그 처녀의 수백만 프랑의 재산도 마다했어."

그러더니 그는 외젠을 보고 말했다.

"그래, 그 처녀가 자네를 좋아했었어. 그런데 오빠가 죽었으니 그 여자는 그야말로 큰 부자가 된 거야. 그런데 이 친구는 그 처녀를 거부한 거야."

"오, 그런 말씀은 왜 하시는 거예요!"라고 외젠이 큰 소리로 말했다.

델핀이 외젠의 귀에 대고 속삭였다.

"아, 당신을 정말 사랑해요. 언제까지나 사랑할 거예요."

그날 저녁은 내내 어린애 장난처럼 보낸 저녁이었다. 셋 중에서도 고리오 영감이 가장 정신 나간 사람처럼 굴었다. 그는 딸의 발치에 드러누워 딸의 발에 입을 맞추기도 했다. 그리고 딸의 두 눈을 오래오래 들여다보기도 했다. 아주 젊고 애틋한 애인이나 할 만한 행동을 누인이 한 것이었다.

자정이 되자 누싱겐 부인이 대기시켜놓았던 마차에 올랐다. 외젠과 델핀은 다음 날 저녁을 함께 한 후 이탈리아 극장에 가기로 하고 헤어졌다.

고리오 영감과 외젠은 보케 하숙집으로 돌아가면서 델핀에 대한 이야기를 나누었다. 이야기를 하면 할수록 누가 더 그녀를 사랑하는지 경쟁하는 것만 같았다. 하지만 일체의 사리사욕에서 벗어나 있는 아버지의 사랑이 외젠의 열정을 압도했다. 아버지의 눈에 딸은 우상이었으며 더없이 순수하고 아름다웠던 것이다.

하숙으로 돌아오니 보케 부인이 난로 옆, 실비와 크리스토프 사이에 우두커니 앉아 있었다. 늙은 여주인은 마치 전쟁을 치르고 난 폐허에 남은 패장 같았다. 그녀가 실비에게 말했다.

"실비, 그러니까 내일 아침엔 겨우 세 잔의 커피만 준비하면 된다는 거지? 아아, 사람들이 이렇게 다 빠져나가다니! 가슴이 미어지는 것 같아. 내가 무슨 죄를 지었다고 이런 재앙을 하늘이 내게 안기는 거지? 미리 20인 분의 감자와 콩을 준비해 두었었는데……. 그래, 이제 우리는 감자만 먹고 지내는 거야. 아아, 세상의 끝장이 온 거야."

"그런데 이런 일을 일으킨 장본인 있잖아요? 미쇼노 노파 말이에요. 듣자하니 연금 3,000프랑을 타게 된다지 뭐예요!"

실비가 보케 부인의 억장을 더 질러놓은 것이었다.

"그년 얘긴 내 앞에서 하지 마! 그 몹쓸 년! 무슨 짓이라도 할 년! 틀림없이 젊었을 때 사람도 죽이고 돈도 훔쳤을 거야. 그 가엾은 사람 대신 그년이 징역살이를 해야 하는 건데…….한 달에 15프랑씩 내고 글로리아 커피도 사 마시고, 하숙비도 꼬박꼬박 잘 내던 양반인데……."

그런데 하숙집으로 들어온 외젠과 고리오 영감이 보케 부인의 속을 완전히 뒤집어버리고 말았다. 두 사람이 쇼세당탱 쪽으로 이사하겠다고 보케 부인에게 말한 것이다.

"아이고, 실비, 이 두 사람이 완전히 나를 죽으라고 하는구나! 오늘 하루가 무슨 10년 세월 같아. 이러다가는 정말 미쳐버리겠어. 아, 이제 이 집에 나 혼자 남게 되면, 크리스토프 너도 내일 이 집에서 나가야겠다."

고리오 영감과 외젠은 거의 울부짖다시피 하는 그녀를 놔두고 방으로 올라가 일단 잠자리에 들었다.

다음 날 보케 부인은, 그녀 자신의 표현을 빌자면 '이성을 되찾았다.' 그리고 자기가 당하고 있는 고통이 얼마나 심한지 차분한 모습으로 보여주었다. 보케 부인은 망연한 표정으로 텅 빈 식탁을 바라보았다. 사랑했던 사람이 떠나가는 모습을 바라보는 연인의 시선도 그녀의 시선보다 슬프지는 않을 것이었다. 외젠은 비앙숑이 수련 기간이 끝나면 자기 자리를 메우게 될 것이고, 박물관 직원도 쿠튀르 부인이 쓰던 방을 자기가 쓰고 싶다고 자주 말했다며 보케 부인을 위로했다.

정오쯤 집배원이 보세앙 가문의 문장으로 봉인된 편지 한 통을 외젠에게 전해주었다. 자작 부인 집에서 열리는 대무도회 초대장이었다. 보세앙 부인은 동봉한 글에서 누싱겐 부인도 함께 초대한다고 적었다. 그리고 은밀하게 누싱겐 남작이 오는 것은 원치 않는다고 암시하고 있었다.

외젠은 초대장을 품에 넣고 재빨리 델핀의 집으로 갔다. 델핀에게 기쁜 소식을 한시라도 빨리 전하고 싶었다. 누싱겐 부인은 목욕 중이었다. 라스티냐크는 내실에서 기다렸다. 그가 파리에 살게 되면서 그토록 갈망해온 것, 젊고 아름다운 애인을 갖고자 하는 그 열망에 그는 몸이 달아 있었다. 그 열망을 어서 실현하기를 간절히 바라고 있었다. 젊은이의 일생에 두 번 다시 찾아오지 않을 그런 감정이었다.

파리에서의 사랑은 모든 점에서 다른 사랑들과는 다르다. 이곳의 여인들은 마음과 감정을 충족시켜주는 데서 끝나면 안 된다. 그런 사랑은 파리의 사랑이 아니다. 이곳의 여인들은 숱한 허영들과 함께 살아간다. 그녀들에게 사랑이란 그 숱한 허영들도 채워주어야만 하는 그 어떤 것이다. 파리에서 사랑을 이루기 위해서는 마음을 충족시키는 것보다 허영을 채워주는 것이 더 큰 의무라는 것을 파리의 여인들은 잘 알고 있다.

연인을 가지려면 무엇보다 젊어야 하며, 부유하고 작위도 갖고 볼 일이다. 할 수만 있다면 더 나은 지위를 가져야 한다. 우상 앞에 태울 향을 더 많이 가져올수록 그 우상은 당신을 더 다정하게 대할 것이다.

사랑, 특히 파리에서의 사랑은 종교다. 사랑을 신처럼 떠받들

게 되면 그 어떤 종교를 신봉하는 것보다 돈이 더 많이 든다. 그런데 사랑은 금방 지나가버리며, 불량배들이 휩쓸고 간 것처럼 주변을 온통 황폐하게 만든다. 제아무리 순수하고 맑은 영혼이라 할지라도 파리에서 사랑을 하려면 이러한 법칙에서 벗어날 수 없다. 그 법칙은 예외를 허용하지 않는 절대적 법칙이다.

라스티냐크도 대부분의 젊은이들과 마찬가지로 이 세상이라는 투기장에 완전무장한 채 등장하고 싶었다. 세상을 제압할 힘이 자신에게 있다고 느꼈다. 하지만 그런 야망의 목적도 모르고, 야망을 이루기 위한 수단도 모르는 상태였다. 그리고 유년기를 시골에서 보낸 청년을 감싸고 있는 청순한 생각, 순수한 마음들을 완전히 떨쳐내지도 못한 상태였다. 그는 파리의 루비콘 강을 건너느냐 마느냐 끊임없이 망설였다. 강을 건넌 이후의 삶에 대한 호기심에 불타면서도 마음 한편으로는 여전히 자기만의 성(城)을 지닌 시골 귀족의 삶을 동경하고 있었다.

그런데 바로 전날 델핀이 마련해준 그 집에 있으면서 마음속에 꺼리던 것을 모두 몰아냈다. 이전에는 도덕적인 것이 그를 지탱해주었다면 이제는 돈이 주는 물질적 이득이 그의 모든 것이 되었다. 그는 촌놈의 탈을 완전히 벗어버리고 새로운 곳에 사뿐히 내려앉았다. 그리고 그 새로운 땅에서 자신의 미래를 내다보았다. 지금 이렇게 델핀의 내실에서 그녀를 기다리고 있는 자신의 모습이, 작년에 파리에 올라왔을 때의 자신과 너무도 다르다는 것을 그는 알 수 있었다.

"부인께서 방에 들어오셨습니다."

하녀 테레즈의 말에 생각에 잠겨 있던 그는 흠칫 놀랐다. 델핀이 상큼한 모습으로 벽난로 옆 의자에 편히 앉아 있는 게 보였던 것이다. 물결처럼 퍼진 모슬린 드레스를 입고 앉아 있는 그녀의 자태는 열매가 꽃 속에 맺혀 있는 아름다운 화초 같았다.

"아, 당신이 오셨네요!"

델핀이 반가운 목소리로 말했다.

"내가 무엇을 갖고 왔는지 한번 맞춰봐요."

외젠은 그녀의 옆에 앉아 그녀의 손에 입을 맞추며 말했다.

그가 누싱겐 부인에게 무도회 초대장을 보여주자 그녀는 뛸듯이 기뻐했다.

그녀는 그의 목을 양팔로 껴안고 환각에라도 취한 듯 그를 자기 쪽으로 끌어당겼다. 그리고 은밀한 목소리로 말했다.

"아아, 정말 행복해요. 모두 당신 덕분이에요. 아아, 나를 사교계에 소개해주려고 한 사람은 아무도 없었는데……."

그리고 낮은 목소리로 속삭였다.

"자기, 테레즈가 욕실에 있어. 조심해요."

그녀는 다시 말을 이었다.

"언니도 멋진 드레스를 입고 거기 가겠지. 언니에 대한 소문을 털어버리기 위해서라도 꼭 갈 거야."

"무슨 소문인데요?"

"아직 못 들었어요? 모두들 언니를 두고 쑥덕거리던데. 마치 사람들이 나를 공격하는 것처럼 느껴졌어요. 언니가 좋아하는 트라유 씨 있잖아요? 그 사람이 10만 프랑이나 되는 수표를 발행했는데 모두 부도가 났대요. 그 사람을 위해 언니가 집에 있는 다이아몬드를 팔았다나봐요. 언니 시어머니인 레스토 부인이 물려준 보석이지요. 암튼 그 얘기는 그만 해요. 오늘은 그냥 행복하게 지내고 싶어요."

라스티냐크는 새벽 1시까지 부인 집에 눌러 앉아 있다가 내일 꼭 이사하겠다고 그녀에게 말한 후 하숙집으로 돌아왔다. 라스티냐크가 자기 방문 앞을 지날 때 고리오 영감이 문을 열고 말했다.

"그래 어땠어?"

"아, 내일 다 말씀드리지요."

"그래, 잘 자. 내일부터 우리도 행복한 생활을 시작해야지."

제4장 아버지의 죽음

다음 날, 고리오와 라스티냐크는 짐꾼이 오는 대로 하숙집을 출발할 예정이었다. 그런데 정오쯤 웬 마차가 보케 하숙집 문 앞에 멈춰 섰다. 누싱겐 부인이 마차에서 내리더니 고리오 영감님 계시냐고 실비에게 물었다. 실비가 그렇다고 대답하자 부인은 황급히 계단을 뛰어 올라갔다.

그 시각 외젠은 자기 방에 있었다. 하지만 고리오 영감은 그가 자기 방에 있는 줄 몰랐다. 그는 학교에 가겠다고 집을 나서며 고리오 영감에게 오후 4시에 이사 갈 집에서 보자고 말해 놓았었다. 영감이 이삿짐 짐꾼들을 부르러 간 사이 외젠은 하숙집으로 돌아왔다. 자기가 없으면 고리오 영감이 자기 하숙비를 치를 것 같았기 때문이었다. 그는 그런 폐를 끼치고 싶지 않왔다. 자기가 보케 부인에게 직접 하숙비를 계산하기 위해 학교에서 출석 체크만 하고 돌아왔는데 아무도 보지 못한 것이다. 보케 부인이 외출 중이었기 때문에 그는 혹시 뭐 두고 가는 거나 없나 하고 방 안을 살피러 올라가 있었던 것이다.

그는 탁자 서랍에서 전에 보트랭에게 끊어주었던 백지 어음을 발견했다. 다시 한 번 살펴보기를 정말 잘했다는 생각이 들었다. 그가 돈을 지불한 날 아무 생각 없이 그냥 거기 던져둔 것이었다. 그가 어음을 찢어버리려 하는 순간 옆방에서 델핀의 목소리가 들렸다. 첫 마디부터 심상치가 않아 그는 별 생각 없이 그녀의 말에 귀를 기울이게 되었다. 애당초 엿 들으려는 생각이 있었던 것은 아니었다. 자기 모습을 드러낼 기회를 잡을 수 없었을 뿐이었다. 그만큼 대화는 심각했다.

"아버지, 제 재산을 점검해보라고 하신 거 정말 잘하신 거예요. 정말 때 맞춰 하신 거예요. 덕분에 파산을 면하게 된 셈이니까요. 다행이라면 다행인 셈이에요. 아버지, 이런 이야기 여기서 해도 되지요?"

"그래, 지금 집이 비어 아무도 없단다. 그런데 조금 있으면 아르투아에 있는 집에서 보게 될 텐데 여기까지 왔구나? 무슨 급한 일이 생긴 거냐?"

"아버지, 저는 지금 제정신이 아니에요. 아버지 소송 대리인 데르빌 씨가 나중에 터져버릴 불행을 미리 알아낼 수 있게 해 준 셈이에요. 데르빌 씨가 누싱겐에게 제 재산 내역을 알려달라고 요구했어요. 누싱겐은 이런저런 억지를 늘어놓으며 데르빌 씨의 말을 듣지 않았지요. 그러자 데르빌 씨가 이미 소송을 준비하고 있다고 그를 위협했어요.

그런데 오늘 아침 남편이 제 방에 들어왔어요. 그러고는 대 뜸 우리 부부 모두 파산했으면 좋겠냐고 제게 협박하듯 묻는 게 아니겠어요. 저는 무슨 소리냐고, 나는 아무것도 모른다고 대답했어요. 저는, 제게도 재산이 있다는 것만 알고 있을 뿐 모든 건 소송 대리인이 알아서 한다고 대답했지요. 아버지가 시키신 대로 한 거예요. 맞지요?"

"그래, 잘했다."

"남편이 자기 사업에 대해 말해주더군요. 방금 시작한 사업에 전 재산을 털어넣었다는 거예요. 제 돈까지도 다 투자했대요. 엄청난 돈이 더 들어가야 한대요. 지금 제 지참금을 내놓으라고 하면 파산하게 될 거래요. 1년만 기다리면 틀림없이 재산을 두 배로 늘려주겠다고……. 그러면서 자기를 용서해달라고 했어요.

아버지, 그는 제게 백기 투항한 셈이에요. 그 춤추는 여자와의 관계도 청산하겠대요. 절약을 하면서 살겠다고 했어요. 앞으로 2년간 집안 살림 경비도 자기가 알아서 하게 해달라고 했어요. 저보고도 절약을 해달라더군요. 울기까지 했어요. 남자가 그런 모습 보이는 건 처음 봤어요. 자살하겠다는 등 횡설수설까지 했어요."

델핀의 말이 끝나자 고리오 영감이 소리쳤다.

"아니, 네가 그런 허황된 수작에 넘어갔다는 거냐! 그놈 정말 연기도 잘하는구나. 여기저기서 죄어오는 것 같으니까 네 돈도 마음대로 하고 싶어서 수작부리는 거야. 안 돼. 나는 딸들을 빈손으로 남겨둔 채 죽을 수 없어. 난 아직 사업에 대해서는 잘 알아.

그놈이 우리를 영 바보로 안 것 같군. 그놈이 여러 회사에 투자했다고 했지? 그러면 증권과 증서, 「계약서」를 보여달라고 해. 투자 금액과 이익이 고스란히 적혀 있을 거야. 얘야, 그게 어떤 돈이니? 너희를 위해서 일생 동안 궁핍하게 지내면서 모은 돈이야. 오로지 너희의 행복을 위해서 존재하는 돈이야. 너희를 향한 내 사랑이 모두 들어 있는 돈이야.

그런데 그게 연기가 되어 날아가버린다고! 안 돼. 천지신명께 맹세코, 그놈 속셈을 다 밝혀내고 말 거야. 장부, 금고, 회사다 확인해봐야지. 네 몫의 재산이 고스란히 잘 있다는 걸 확인하지 못하면 나는 잠도 못 자고 먹지도 못할 거야. 천만 다행으로 네 재산과 그놈 재산은 분리되어 있어. 데르빌 씨가 다 알아서 할 거야. 100만 프랑과 연금 5만 프랑은 네 손에 고스란히 남아 있을 수 있어. 델핀, 그 알자스 뚱보 놈에게 한 치도 양보하면 안 된다. 그놈은 너를 쇠사슬로 묶어서 불행의 구렁텅이에 던져 넣을 놈이야. 자, 가자. 내가 직접 네 돈들이 안전하다는 걸 확인해야겠어."

"아버지, 제발 신중하셔야 해요. 그에게 화를 내거나 하면 안 돼요. 그 나쁜 놈은 전 재산을 거머쥐고 튀어 달아날 수 있는 놈이에요. 우리를 빈털터리로 만들 수 있는 놈이에요. 그를 막다른 골목으로 몰면 저는 정말 파산이에요."

"그러면 그 자식이 진짜로 사기꾼이란 말이냐?"

그러자 델핀이 의자에 털썩 주저앉으며 말했다. 그녀는 울먹이고 있었다.

"아버지, 그 말씀은 안 드리려고 했어요. 저를 그런 자식과 결혼시켰다고 아버지가 가슴 아파하실까봐 감춘 거예요. 저는 그를 증오하고 경멸해요. 그가 뭐라고 했는지 아세요? 그 말만 봐도 그가 어떤 놈인지 다 알 수 있어요. '둘 중 하나요. 당신이 한 푼도 없이 파산하든가, 아니면 내가 사업에 성공할 수 있도록 놔두던가. 내가 파산하면 당신도 파산하는 거지. 내가 내세울 공범은 당신 밖에 없거든.'

아버지, 정말 도둑놈 심보예요. 저는 그걸 잘 알아요. 얌전히 있으면 적당히 돈 쓰게 해주고, 제가 마음대로 외젠의 여자 노릇하게 해주겠다는 거지요. 말하자면 '네가 잘못을 범하는 건 눈감아줄 테니, 네가 다른 사람들 망하게 하건 말건 상관 말고 지내라'고 제게 제안한 셈이지요. 정말 도저히 따를 수 없는 제안이에요. 하지만 저는 동의해야만 해요. 아버지 그가 하는 사업이 뭔지 잘 모르시지요? 완전히 부동산 사기 범죄예요. 저는 최근에야 그걸 알았어요. 그는 완전히 사기꾼이에요."

델핀의 말이 끝나기 무섭게 쿵 소리가 외젠의 귀에 들렸다. 고리오 영감이 방바닥에 넘어진 것 같았다.

노인의 울부짖는 소리가 들렸다.

"오오, 하느님 맙소사! 내가 무슨 짓을 한 거지? 내 딸을 그런 놈에게 주다니. 오, 맘만 먹으면 네 모든 걸 다 내놓으라고 할 놈이로구나! 아아, 용서해라, 내 딸아!"

"아버지, 이제 어쩔 수 없어요. 하지만 그 사람은 아직 저를 사랑해요. 어떻게 해서든 어느 정도 부동산을 제 이름으로 옮겨놓을 수 있게 해보겠어요. 아버지는 나중에 그의 장부와 사업을 검토해주세요. 그 사람 사업이 어떤 건지 데르빌 씨는 전혀 몰라요."

그때였다. 또 다른 마차 한 대가 뇌브 생트주느비에브 거리에 멈추어 섰다. 이어서 레스토 부인이 실비에게 하는 말소리가 들렸다.

"아버지 안에 계셔?"

언니 목소리를 들은 델핀이 고리오 영감에게 말했다.

"참, 아버지. 사람들이 아나스타지 언니에 대해 하는 말 들으셨어요? 언니네 부부도 심상치 않은 일이 생긴 것 같아요."

"뭐라고? 그럼 나는 끝장이야. 너희 둘 다 불행해지면 내 머리는 터져버릴 거야."

그때 백작 부인이 들어서며 아버지에게 인사를 하다가 동생을 보고 당황한 모습을 보였다.

"아, 너 와 있었구나, 델핀!"

"안녕, 언니. 내가 여기 있는 게 이상한가보네. 나야 뭐 매일 아버지 뵈러 오는데."

"언제부터?"

"언니가 가끔이라도 여기 왔었다면 알 수 있었을 거 아냐?"

"빈정거리지 마, 델핀. 내 처지도 모르면서……. 난 지금 곤경에 빠졌어. 아버지, 저 큰일 났어요. 이번엔 정말 큰일이에요."

"무슨 일이니? 내게 다 말해보렴, 나지."

"글쎄, 남편이 다 알고 있단 말예요. 전 어떡하면 좋지요?"

"뭘 알고 있다는 거니? 좀 찬찬히 말해봐라. 내가 아주 죽을 지경이다."

"아버지, 저는 막심 트리유를 정말 사랑해요. 전에도 여러 번 제가 그의 빚을 막아주곤 했어요. 그런데 1월 초쯤의 일이었어요. 그가 정말 너무 슬퍼하면서 저와 영영 작별이라고 말했어요. 머리에 총을 쏴서 자살하겠다는 말까지 했어요. 결국 내가 그에게 애원해서 마음을 돌렸어요. 무슨 일이냐고 했지요. 그랬더니 빚이 10만 프랑이라고……. 저는 미칠 것 같았어요. 아버지 수중에 그런 돈은 없잖아요. 제가 다 써버렸잖아요."

"없어. 어디 가서 도둑질해오지 않고서야 그런 돈은 없지. 그래, 나지. 도둑질하는 수밖에 없다. 내가 돈을 훔치러 가야겠어."

자식이 원하는 것을 다 해주고 싶지만 해줄 수 없다는 부성애의 고통을 보여주는 그 말, 그 말에 딸들은 모두 말을 멈추었다. 이 절망의 외침을 그 누군들 냉정하게 들어 넘길 수 있을 것인가!

백작 부인이 펑펑 울면서 말했다.

"아버지, 실은 제가 그 돈을 마련했어요. 제 것이 아닌 물건을 처분해서 마련했어요."

고리오 영감이 기운 없는 목소리로 말했다.

"내 천사들아, 왜 내가 사랑하는 너희가 이렇게 불행해야 하는 거니? 그래, 네 물건이 아니라니 무슨 말이야?"

"아버지, 저는 막심을 구하기 위해 레스토가 그토록 아끼는 그 집안의 다이아몬드를 팔아버렸어요. 제 것도 함께 팔아버렸어요. 아버지도 아시는 그 고리대금업자 고세크 씨에게요. 아버지, 아시겠어요? 제가 그걸 팔았어요. 남편 몰래요. 막심은 살아났어요! 하지만 저는, 저는 죽을 수밖에 없어요. 레스토가 모든 걸 알아버렸어요."

고리오 영감이 소리쳤다.

"어떻게 알았어? 누가 말한 거야? 내 그 녀석을 그냥……."

"어제 남편이 부르기에 그 사람 방으로 갔어요. 아아, 그 목소리! 그 목소리만으로도 모든 걸 짐작할 수 있었어요. 그가 물었어요. '아나스타지, 당신 다이아몬드 어디 있어?' 나는 내 방에 있다고 대답했어요. 그랬더니 남편이 저를 빤히 쳐다보면서 말했어요. '그래? 여기 내 서랍장 안에도 있는데.' 그러더니 제게 보석함을 보여주는 거예요. 그러더니 '이게 어디서 났는지 당신 알겠지?'라고 말하는 거 아니겠어요? 저는 남편 무릎에 쓰러져 울 수밖에 없었어요. 어떻게 죽길 바라느냐고 그에게 말하면서 울었어요."

"아니, 그런 말을 했단 말이야! 하느님의 거룩한 이름을 걸고 말하는데, 내 딸을 울게 만드는 놈은 내가 살아 있는 한 불태워 죽여버린다. 그래 그놈이 뭐라고 하더냐?"

"저를 보면서 이렇게 말했어요. '아나스타지, 모든 걸 없었던 일로 하겠어. 나는 당신과 함께 살 거요. 자식들도 있으니까. 난 막심 드 트라유를 죽이지 않을 거요. 이래저래 위험할 테니. 결투하다 내가 죽을 수도 있고 놈을 죽이면 명예에 손상이 갈 테니. 그냥 덮어둘게. 하지만 조건이 있소. 그전에 한 가지 묻겠소. 당신이 낳은 자식 중에 내 아이가 있소?'

저는 그렇다고 대답했어요. 그러자 그가 어느 아이냐고 묻더군요. 제가 큰아들이라고 했더니 그가 말했어요. '좋아, 자식이 있으니 묻어둘 수밖에. 이제 내가 하는 말을 그대로 따르겠다고 맹세해요' 저는 그러겠다고 대답할 수밖에 없었어요. 그랬더니. '당신은 내가 원할 때면 언제고 당신의 재산을 매각하겠다는 문서에 서명해야 해'라고 말하는 게 아니겠어요?"

딸의 말이 끝나기도 전에 고리오 영감이 소리쳤다.

"절대로 서명하면 안 돼! 레스토, 그놈은 여자를 행복하게 해 준다는 게 뭔지 모르는 자야. 내가 이렇게 살아 있는데 내 딸을 불행하게 만들어? 어림도 없지. 그 자식도 자기 자식 귀한 줄은 아는군. 하지만 그 애는 내 손자이기도 해. 내가 그 아이를 얼마든지 돌봐줄 테니 걱정 말라고 해. 그놈이 아들을 그렇게 생각한다면 내가 내 딸을 얼마나 사랑하는지도 알아야지. 이놈아, 내 딸 재산을 네 아들에게 줄 생각 말고 내 딸에게 주란 말이야! 내 딸을 함부로 대하다가는 내게 잡아먹힐 걸. 내게는 호랑이 피가 흐르고 있어.

오, 내 딸들아! 대체 이게 어떻게 너희 인생일 수 있니? 이건 나를 죽이는 거야. 아아, 내가 이승에 없으면 너희는 어떻게 되겠니? 아아, 아버지는 자식들이 죽을 때까지 살아야 하는가보다. 맙소사, 하느님은 왜 세상을 그렇게 안 만드셨지? 하느님, 하느님께도 자식이 하나 있으니 우리가 자식들 때문에 괴롭지 않게 해주셔야지요. 아아, 내 딸들아, 너희 고통을 고스란히 내게 주렴. 내가 대신 다 앓고 싶구나. 아! 어렸을 땐 너희도 참 행복했는데."

"그래요, 아빠. 좋은 시절은 그때뿐이었어요. 다락방에 쌓인 밀가루 포대들 위에서 미끄럼 타며 놀던 그 시절은 다 어디로 갔을까요?" 델핀의 말이었다.

그때 아나스타지가 아버지 귀에 대고 다시 작은 목소리로 말했다.

"아버지, 그게 다가 아니에요."

영감은 소스라치게 놀랐다.

"아니, 또 있단 말이냐?"

"아버지, 그 다이아몬드를 팔아서 10만 프랑을 다 마련하지 못했어요. 1만 2,000프랑이 모자라서 막심은 고소를 당했어요. 그 돈만 마련하면 돼요. 세상에서 이제 제게 남은 건 그의 사랑뿐이에요. 그가 제 곁을 떠난다면 저는 죽어버릴 것 같아요. 저는 그를 위해 재산, 명예, 자식들 모두 희생했어요. 아, 그가 자유롭고 명예롭게 되기만 하면 좋겠어요. 그뿐 아니에요. 그와 나 사이에 낳은 자식들은 무일푼이 될 거예요. 그가 감옥에 가면 모든 게 끝장이에요."

"나지야, 내겐 그 돈이 없단다. 내가 살면서 처음 마련한 은제 혁대들, 식기 몇 벌이 있을 뿐이야. 그리고 이제 내게 남은 건 담보 종신 연금 1,200프랑뿐이란다."

"아버지, 그럼 그전의 종신 연금은 어떻게 하셨어요?"

"쥐꼬리만큼 남겨놓고 다 팔았지. 피핀에게 아파트를 장만해 주느라 나머지 돈을 썼단다. 꼭 1만 2,000프랑 들었어."

"델핀의 집이요? 아, 알았다. 라스티냐크 씨를 위해서 쓰신 거군요. 델핀, 어떻게 그런 일을! 내 처지를 좀 보려무나. 하긴 넌 나를 한 번도 사랑해본 적이 없지."

"그러는 언니는 내게 어땠는데? 나를 아는 척이나 했어? 내가 가고 싶은 집들을 언니가 나서서 빗장을 걸어버렸잖아. 그리고 내가 언제 아버지에게 1,000프랑씩, 1,000프랑씩 가져간 적 있어? 다 언니 짓이잖아. 그래서 아버지를 무일푼으로 만들어버렸잖아. 나는 아버지를 자주 뵈러 왔고, 아버지를 내쫓지도 않았어. 아버지가 필요할 때만 손을 핥지도 않았어. 난 아버지가 나를 위해 1만 2,000프랑을 쓰신 줄도 몰랐어. 난 아버지에게 손을 미리 내밀고 선물을 받은 적이 없었어. 그건 언니도 잘 알잖아."

"너는 나보다 행복했으니까……. 어쨌든 네 애인 마르세 씨는 부자였잖아. 그래, 너는 돈이 많았어. 그리고 그 돈처럼 정말로 천박했어. 이제 동생이고 뭐고 내겐 없어. 게다가……."

그러자 델핀이 아나스타지를 향해 소리쳤다.

"세상에, 아무도 믿지 않을 이야기를 그렇게 막 하는 사람은 언니뿐이야! 언니는 괴물이야!"

"저런, 내 남편도 안 하는 소리를 내게 해대는구나. 내가 괴물이라고! 정말 못돼먹었어. 저런 못된 애를 칭찬하는 사람도 있다니! 사랑한다고 하는 사람도 있다니!"

"흥, 나라면 애인에게 20만 프랑 넘게 갖다 바쳤다고 고백은 못 할 거야. 그보다는 애인에게 빚을 지고 있는 여자가 훨씬 낫지."

"델핀, 너 도대체……."

다시 입을 열려는 아나스타지의 입을 고리오 영감이 손으로 막았다. 순간 아나스타지가 얼굴을 찡그리며 말했다.

"어머, 이 냄새! 아버지 도대체 뭘 만지셨어요?"

"그래, 그래. 내가 잘못했구나."

가여운 이 영감은 바지에 손을 닦으며 말했다.

"너희 오는 줄 모르고 이삿짐을 싸고 있었지."

그는 델핀을 향해 화를 내던 아나스타지가 그 화살을 자기에게로 돌린 것을 천만다행으로 여겼다.

영감이 제자리에 털썩 주저앉으며 말했다.

"아, 너희 때문에 억장이 무너지는 것 같구나. 이대로 죽을 것 같아. 제발 서로 위해줄 수 없겠니?"

그는 델핀 앞에 무릎을 꿇었다.

"피핀, 네가 언니에게 용서를 빌어줄 수 있겠니? 나를 기쁘게 해줄 수 없겠니? 너보다 언니가 더 불행하잖아."

델핀은 아버지의 얼굴을 바라보았다. 아버지의 얼굴에는 고통스럽다 못해 광기 비슷한 것이 서려 있었다. 아버지의 얼굴을 보고 제정신이 든 델핀이 아나스타지에게 말했다.

"가엾은 나지 언니, 내가 잘못했어. 내가 안아줄게."

고리오 영감이 부르짖듯이 말했다.

"그래, 그래. 너희는 그렇게 사이좋게 지내야 해. 그런데 1만 2,000프랑을 어디 가서 구하지? 아아, 돈 많은 사람들 대신 군대에 갈까? 내 피를 팔면 돈을 구할 수 있을까? 어디 가야 돈을 훔칠 수 있지? 은행을 털려고 해도 혼자서는 안 돼. 나지, 너를 구해주는 사람만 있다면 그를 위해 뭐든 할 수 있을 텐데. 대신 죽을 수도 있고 감옥에도 갈 수 있을 텐데……. 아아, 나는 한심한 아버지야. 딸이 돈이 필요하다는데 빈손이라니! 아, 종신 연금을 팔아먹은 못된 늙은이! 아, 머리가, 머리가!"

옆방에서 듣고 있던 외젠은 고리오 영감의 신음 소리를 듣고 깜짝 놀랐다. 그는 보트랭 앞으로 썼던 어음을 집어 들었다. 어음 인지에는 훨씬 큰 금액이 적혀 있었다. 그는 그 숫자를 고쳐 고리오 영감 앞으로 된 1만 2,000프랑짜리 어음으로 만들었다. 그런 후 그는 그 어음을 들고 영감 방으로 들어갔다.

"부인, 여기 부인이 필요로 하시는 돈이 있습니다." 그는 어음을 보여주며 레스토 부인에게 말했다.

"제가 자다가 두 분 말씀 나누는 소리에 깼습니다. 그리고 제기 영감님께 드릴 돈이 있다는 게 생각났습니다. 여기 이 어음으로 빚을 갚을 수 있을 겁니다. 제가 확실히 지불할 것입니다."

백작 부인은 꼼짝 않은 채 어음을 손에 쥐고 있었다. 얼굴이 분노로 창백해졌고 두 손을 바르르 떨고 있었다.

"델핀, 네가 한 짓 모두 용서할 수 있어. 난 이미 다 용서했어. 하지만 이건, 이건……. 어떻게 이분이 옆방에 계신데, 내가 모든 걸 다 말하도록 내버려둘 수 있어? 내 비밀, 내 수치, 내 명예, 이 모든 걸 저분께 공개하게 할 수 있어? 이 비겁한 애 같으니! 그래 이런 식으로 내게 복수하겠다는 거니? 난 너를 증오할 수밖에 없어!"

그녀는 분노에 가득 차서 말을 잇지 못했다.

그러자 고리오 영감이 미친 듯 외젠을 껴안으며 말했다.

"나지, 이 사람은 내 아들이나 마찬가지란다. 너의 구세주란다. 그러니 이 친구를 안아주렴. 나지, 나지! 이 사람은 천사야. 어서 이 사람에게 입을 맞춰줘."

그러자 델핀이 말했다.

"그냥 두세요, 아버지. 언니는 지금 미쳤어요."

그러자 아나스타지가 달려들 것 같은 기세로 외쳤다.

"뭐, 내가 미쳤다고! 그러는 넌 뭐야!"

노인은 그대로 침대에 쓰러지며 외쳤다.

"애들아, 너희 이러면 나 죽는다. 아아, 애들이 나를 죽이는구나."

영감은 곧바로 정신을 잃었다.

델핀이 소리쳤다.

"언니가 아버지를 돌아가시게 한 거야!"

외젠이 아나스타지에게, 자신이 어음의 돈을 지불하고 모든 것을 비밀로 하겠다고 말했지만 아직 분이 덜 풀린 그녀는 횡하니 밖으로 나가버렸다.

잠시 후 영감이 눈을 떴다. 외젠과 델핀이 좀 어떠시냐고 묻자 그는 그냥 좀 자고 싶다고 말했다.

그때였다. 백작 부인이 다시 들어오더니 아버지 무릎에 털썩 앉아서는 용서해달라고 말했다. 영감은 흐리멍텅한 눈을 한 채 아무 말이 없었다.

백작 부인이 외젠에게 말했다.

"제가 너무 정신이 없어서 예의도 차리지 못했어요. 당신은 그러니까 제게 남동생뻘인 셈이잖아요?"

델핀이 언니를 껴안으며 말했다.

"언니, 우리 모든 걸 다 잊어요."

그 모습을 보고 고리오 영감이 입을 열었다.

"그래, 천사들아, 너희가 그렇게 껴안은 걸 보니 산 것 같구나. 나지, 그 어음이 너를 구해주겠지?"

백작 부인이 대답했다.

"그럴 수 있으면 좋겠어요. 그런데요, 아빠, 이 어음에 서명 좀 해주실래요?"

"그래, 내가 바보같이 서명하는 걸 잊었구나."

영감은 서명을 한 후 어음을 건네주며 말했다.

"자, 어서 가거라. 난 앞으로 네 남편은 안 볼 거다. 그놈을 보면 죽여버릴 것 같아. 하지만 그놈이 네 재산을 함부로 하면 그땐, 그땐 당장에 달려갈 거다. 아, 그 막심이 좀 철이 들었으면 좋으련만."

백작 부인이 나가자 영감은 침대에 누워 델핀의 손을 잡고 잠이 들었다.

그러자 델핀이 외젠에게 말했다.

"언니가 욱하는 성격이 있지만 마음은 고와요."

외젠은 '어음에 이서를 받으러 온 언니의 속이 빤히 보이지 않느냐'고 입가에 맴도는 말을 그냥 삼켜버렸다. 그러자 델핀이 방을 나서면서 외젠에게 말했다.

"오늘 밤 이탈리아 극장에서 봐요. 그때 아버지가 어떠신지 말해줘요."

외젠은 델핀을 집까지 바래다주고 돌아왔다. 그녀가 저녁을 먹고 가라고 했지만 집에 두고 온 고리오 영감의 상태가 걱정되어 보케 하숙집으로 서둘러 돌아온 것이다.

하숙집으로 돌아오니 고리오 영감이 막 식탁에 앉으려 하고 있었다. 어쨌든 자리에서 일어난 것이다. 비앙숑이 그와 가까운 곳에 앉아 심상찮은 얼굴로 이 제면업자의 얼굴을 살펴보고 있었다. 외젠이 비앙숑을 자기 옆자리로 불렀다.

"코생 병원 수련의 선생, 내 옆으로 오시게."

그가 옆으로 오자 외젠이 근심스러운 표정으로 물었다.

"어때, 영감님이 좀 안 좋으시지? 영감님 상태가 어떤 것 같아?"

"내가 잘못 본 게 아니라면 가망이 없어! 장액성 뇌일혈 같아. 내일 아침이면 더 확실히 알 수 있을 거야."

"무슨 처방이 없을까?"

"없어. 원인을 찾아낼 수 있다면 죽음을 조금 더 늦출 수 있을는지 모르지. 하지만 내일도 증세가 똑같이 계속된다면 가엾은 저 영감님은 그대로 끝이야. 무슨 급격한 충격을 받아 저렇게 된 것 같은데…… 자네, 뭐 아는 거라도 있나?"

외젠은 말없이 속으로 생각했다.

'두 딸이 끊임없이 아버지 마음을 만신창이로 만들어놓더니 저렇게 되었군.'

이어서 그는 자기 위안이라도 얻으려는 듯 속으로 중얼거렸다.

'하지만 적어도 델핀만은 아버지를 사랑해.'

그날 저녁 이탈리아 극장에서 라스티냐크는 델핀이 너무 걱정하지 않도록 가능한 한 조심스럽게 영감님 이야기를 꺼냈다. 그런데 영감님 이야기가 얼마 이어지기도 전에 델핀이 그의 입을 막았다.

"걱정 말아요. 아버지는 강한 분이세요. 결국 돈이 문제지요.

전에는 제게 돈이 가장 큰 걱정이었는데 당신의 사랑 덕분에 이제 돈에는 별로 신경 쓰지 않고 살아갈 수 있어요. 돈 따위는 사랑이 이겨낼 수 있으니까요. 내게 단 한 가지 걱정이 있다면 이 사랑을 잃으면 어쩌나 하는 것뿐이에요. 다른 건 아무 상관 없어요. 난 이제 이 세상 그 어느 것도 사랑하지 않아요. 나한테는 당신이 전부예요. 부끄럽지만 나는 아버지의 딸이기에 앞서 당신의 여자예요. 왜냐고요? 나도 몰라요. 다만 아버지가 내게 심장을 주셨다면 당신이 그걸 쿵쿵 뛰게 만들었다고 말할 수는 있어요. 당신은 나를 불효라고 생각하시겠지요? 오, 아니에요. 난 아버지를 사랑해요. 우리 아버지같이 좋은 분을 어떻게 사랑하지 않을 수 있겠어요? 저는 알아요. 아버지가 고통스러워하시는 것을. 이 결혼을 아버지가 애당초 막지 못해서 후회하신다는 것을. 하지만 우리가 뭘 할 수 있겠어요? 아버지를 위로한다고요? 우리가 뭐로, 어떻게 위로해드릴 수 있겠어요?"

외젠은 잠자코 있었다. 그녀가 진실한 속마음을 드러냈기에 애틋한 감정이 들기도 했다. 자신의 고백을 듣고도 그가 아무 말이 없자 그녀는 조금 충격을 받은 것 같았다. 그녀가 화제를 바꾸며 말했다.

"외젠, 내일 파리 사교계 사람들 모두 보세앙 부인 집에 모여요. 로슈피드 양과 다주다 후작의 결혼 계약에 서명하는 날도 바로 내일이에요. 당신의 가엾은 친척 누이만 아직 아무것도 모르고 있지요. 아튼 사람들이 거기 모일 거고 난 내일 거기 갈 거예요. 내가 그 행복을 누릴 수 있게 된 건 오로지 당신 덕분이에요."

그날 그는 보케 하숙집으로 돌아가지 않았다. 그는 새로 얻은 아파트를 마음껏 누렸다. 이날 델핀은 새벽 2시경까지 그와 함께 있다가 집으로 돌아갔다. 다음 날 그는 꽤 늦게까지 잠을 잤고 정오경 누싱겐 부인이 왔다. 둘은 함께 점심을 먹었다. 두 젊은이는 행복에 젖어 고리오 영감은 거의 잊다시피 했다. 외젠은 이제 온전히 자기 것이 된 이 우아한 것들에 하나씩 익숙해졌으며 그 모든 것들이 마치 축제처럼 달콤했다. 누싱겐 부인이 그 모든 것들과 함께 있어, 그것들은 더 빛을 발했다.

4시쯤 되어서야 두 연인은 이 집에 와서 함께 머물면 좋겠다던 고리오 영감의 말이 생각났다. 외젠은 만약 영감님이 많이 편찮으시면 이리로 모셔 와야 한다고 말한 후 델핀을 남겨둔 채 보케 하숙집으로 달려왔다.

저녁 시간이 되었지만 고리오 영감도, 비앙숑도 식탁에 없었다.

화가가 그에게 말해주었다.

"글쎄, 고리오 영감이 걷지도 못하는군. 비앙숑이 영감 방에 있어요, 큰딸이 찾아왔던 모양인데, 그러자 뭔가 들고 외출을 했던 모양이야. 그러더니 저렇게 완전히 쓰러졌어."

외젠은 위로 올라가 영감 방으로 들어갔다. 노인은 침대에 누워 있었고 비앙숑이 곁에 있었다. 외젠이 고리오 영감에게 인사하자 영감이 부드러운 미소로 답했다. 그 와중에도 영감이 델핀의 안부를 물었다.

비앙숑이 "영감님을 피곤하게 하지 말자"라고 말하며 외젠을 방구석으로 끌고 갔다.

라스티냐크가 급히 물었다.

"상태가 어떠신가?"

"기적이 일어나기 전에는 어려워. 장액성 뇌일혈이라고 내가 말했지? 혈관이 터졌어. 지금 겨자 고약을 붙여놓은 상태야. 다행히 효과가 있어 겨우 정신을 차리신 거야."

"영감님을 다른 곳으로 옮겨도 될까?"

"안 돼. 몸을 움직이거나 감정에 자극을 주는 일은 피해야 해. 우리 병원 과장 선생님을 오시라고 했으니까, 내일 저녁이면 무슨 말씀이 있으실 거야. 저 영감님, 고집이 대단해. 오늘 아침 돈 될 만 한 건 다 들고 시내로 외출하셨어. 어디 갔다 왔 냐고 물어도 대답을 안 하고 눈 감고 자는 척만 해. 큰딸이 왔 다 갔더군."

"잠시 영감님과 나하고 둘이 있게 해주게. 내겐 다 얘기하실 거야."

"그럼 나는 저녁 먹고 오겠네."

고리오 영감과 단둘이 있게 되자 외젠이 영감에게 물었다.

"영감님, 오늘 뭘 하신 거예요?"

"아무것도 한 거 없어."

"아나스타지가 왔었지요?"

"응, 왔었지."

"제발 저한테는 다 말씀해주세요. 또 무슨 부탁을 하던가 요?"

영감이 혼신의 힘을 다해 말을 이어갔다.

"나지는 수중에 한 푼도 없다네. 그런데 내일 무도회에 갈 때 입을 금박 장식 드레스를 한 벌 주문했다는 거야. 하녀가 옷 값 1,000프랑을 대신 내주었다고 하더군. 그런데 그 못된 하녀 년이 레스토가 나지에게 돈 한 푼 안 주는 걸 알고 옷집 주인 과 짠 거야. 꿔준 돈을 못 받을까봐 겁이 난 거지. 옷집 주인이,

1,000프랑을 안 내면 옷을 안 주겠다고 버티는 거야. 무도회는 내일이겠다, 입고 갈 옷은 없겠다, 나지가 얼마나 딱하게 된 건가? 그 괴물 같은 레스토에게 손을 벌릴 수도 없지 않은가? 동생은 기막히게 차려입고 무도회에 올 텐데, 나지가 동생만 못해서 되겠는가? 나지는 펑펑 울더군. 내가 어떻게 모른 척할 수 있나? 은제 혁대와 식기들을 팔고 종신 연금 증서를 곱세크 영감에게 1년간 저당 잡혀 1,000프랑을 마련했네. 여기 베개 밑에 1,000프랑짜리 지폐가 있지. 내일 10시에 나지가 올 거야.

아, 딸애가 수렁에 빠져 있는데 난 그 애를 구해줄 힘이 없어. 오! 난 다시 장사를 해야겠어. 오데사에 가서 곡물을 사와야겠어. 거기 밀이 여기보다 세 배는 싸지. 전분으로 가공해서 들여오면 몇 배 남길 수 있어."

'영감님이 드디어 제정신이 아니군.'

외젠은 속으로 그렇게 생각하며 저녁을 먹으러 내려가고 비앙숑이 올라왔다. 두 사람은 밤새 번갈아가며 노인을 간호했다. 다음 날도 두 청년은 혼신의 힘을 모아 치료했다. 사혈을 하고 찜질, 족욕 등 유행하는 조치는 다 취했다.

그날 레스토 부인은 오지 않았다. 대신 심부름꾼을 보내 돈을 찾아갔다.

저녁 7시가 되자 델핀의 하녀 테레즈가 편지를 가지고 왔다. 오늘 저녁 무도회에 가야 하는데 뭘 그렇게 꾸물거리고 있느냐, 벌써 자기를 배신한 건 아니냐고 힐난하는 편지였다. 레스토는 펜을 들어 답장을 썼다.

당신 아버님이 살아나실 수 있는지 알아보려고 의사를 기다리고 있어요. 지금 돌아가시기 직전의 상태입니다. 의사의 통보를 듣는 대로 당신에게 갈게요. 혹시 사망 선고를 듣고 갈까봐 두렵습니다. 무도회에 갈 수 있는지 아닌지는 그때 알게 될 거예요.

사랑하는 외젠으로부터

의사는 8시 반에 왔다. 희망적인 이야기는 전혀 없었다. 그렇다고 죽음이 임박한 것도 아니라고 그는 말했다. 그새 병세가 좋아졌다 나빠졌다 반복할 것이라고 했고, 거기에 따라 영감의 의식도 왔다 갔다 할 거라고 했다.

"어쩌면 곧바로 숨을 거두시는 게 나을지도 모릅니다." 이것이 의사의 마지막 소견이었다.

외젠은 고리오 영감의 간호를 비앙숑에게 맡기고 누싱겐 부인에게 슬픈 소식을 전하러 갔다. '아직은 가족의 의무를 잊지 않고 있을 거야. 딸들이 이 소식을 들으면 무도회 같은 것은 다 잊어버리겠지'라고 그는 생각했다.

외젠은 비통에 빠진 모습으로 델핀 앞에 나타났다. 델핀은 무도회에 갈 준비가 다 되어 있었다. 무도회용 드레스만 입으면 되는 상태였다.

외젠을 보고 그녀가 말했다.

"아니, 뭐예요? 옷도 제대로 안 갖춰 입었잖아요."

"부인, 아버지께서……."

"또 아버지 이야기예요? 아버지에게 해야 할 도리를 내게 가르치려 하지 말아요. 더 이상 한마디도 하지 말아요. 당신이 옷이나 제대로 갖춰 입은 다음에 들을 게요. 테레즈가 당신 집에 모든 걸 준비해놨어요. 내 마차도 대기시켜놓았으니 그걸 타고 오면 돼요. 아버지 이야기는 무도회에 가면서 하도록 해요."

"부인!"

"자, 아무 말 말고……."

그녀가 목걸이를 가지러 내실로 뛰어가며 말했다.

가히 부친 살해라고 할 만했다. 기가 질려 있는 외젠을 테레즈가 떠다밀며 말했다.

"자, 가시자니까요, 외젠 서방님. 마님께서 화내시겠어요."

그는 도리 없이 옷을 챙겨 입으러 자기 집으로 갔다. 그의 눈 앞에 보이는 세상이 온통 진흙 개펄 같았다. 발을 자칫 잘못 디디면 목까지 진흙 속에 잠겨버릴 것 같았다.

'이곳 파리는 온통 비열한 범죄만이 판을 치고 있는 곳이다. 차라리 보트랭이 더 위대해!'라고 그는 생각했다. 그는 세 가지 사회의 모습을 보았다. 순종과 투쟁과 저항! 그는 어느 편도 들지 못했다. 순종하고 사는 것은 따분했다. 그는 가족들의 삶 속으로 다시 돌아갈 수 없었다. 그리고 투쟁하는 것은 너무 불확실했다. 그는 이 세계와 투쟁하기에는 아직 세상을 잘 모르고 있었다. 그렇다고 보트랭처럼 저항하는 것은 불가능했다. 이 세계는 그가 저항하기에는 너무 강력했다. 거기에 저항하는 보트랭이 위대해 보이는 것은 당연했다.

그의 생각이 가족으로 향했다. 자연법칙에 순응하는 순수한 영혼들의 세계였다. 충만하고 행복한 삶이 있는 곳이었다. 하지만 그에게는 용기가 없었다. 효와 도덕을 내세우며 델핀을 설득할 마음이 일지 않았다. 그는 이미 어느 정도 파리의 교육을 받은 상태였다. 그는 이미 이기적으로 사랑하고 있었다. 눈치

빠르고 똑똑한 그는 델핀 마음속 깊은 곳에 숨겨진 그녀의 본성을 읽어냈다. 그녀가 아버지의 무덤을 밟고 무도회에 갈 여자라는 것을 알아차린 것이다. 하지만 이치에 맞게 그녀를 설득할 힘도 그에게는 없었고, 그녀 마음에 안 드는 행동을 할 용기도 없었으며, 그녀 곁을 떠나버릴 덕성도 이미 잃어버린 상태였다.

그는 애써 속으로 자신을 변명했다. 인간이란 언제나 어느 정도 자신을 합리화하며 살게 되어 있는 법이다.

'고리오 영감이 내 생각만큼 그렇게 위중하지는 않을 거야.'

그러면서 델핀의 행동을 정당화할 무시무시한 살인적 논리들을 그 위에 쌓아갔다.

'그녀는 아버지가 어떤 상태인지 아직 모르고 있어. 만일 그녀가 영감님에게 가더라도 영감님은 어서 무도회에 가라고 떠다밀 거야.'

그가 무도회 복장을 갖추고 다시 나타나자 그제야 델핀이 물었다.

"그래, 아버지가 좀 어떠세요?"

"정말로 안 좋으세요. 아버지를 사랑하신다면 지금 당장 가 뵈어야 해요." 외젠은 용기를 내어 말했다.

"그래야지요. 하지만 무도회 끝나고 가도록 해요. 자, 착한 외젠, 아무 말 말아요. 나를 가르치려들지 말아요."

그들이 무도회로 가는 동안 외젠은 아무 말이 없었다. 그러자 그녀가 말했다.

"도대체 왜 그래요?"

그는 퉁명스럽게 대답했다.

"아버님 신음 소리가 들리는 것 같아요."

그런 후 그는 레스토 부인이 한 짓에 대해 이야기했다. 아나스타지의 금박 드레스가 아버지에게 어떤 값을 치르게 했는지 이야기했던 것이다. 델핀은 눈물을 흘렸다. 그러나 이렇게 울다가는 모습이 흉해지겠다고 생각하고는 울음을 멈추었다.

그녀는 울음을 그치고 말했다.

"무도회가 끝나면 반드시 아버지에게 가겠어요. 아버지를 지켜드리겠어요."

"아, 내가 정말로 듣고 싶던 소리예요."

라스티냐크가 소리쳤다.

그들은 보세앙 저택에 도착했다. 마차 500대에 켜진 등불이 부근을 훤하게 밝히고 있었다. 모든 사람들의 관심은 사교계의 여왕이 마주치게 된 불행 앞에서 그녀가 과연 어떻게 대처할 것인가에 쏠려 있었다.

보세앙 부인은 첫 번째 살롱 문 앞에 서서 사람들을 맞이하고 있었다. 흰 옷을 입고 머리를 단아하게 땋아 내린 모습이었다. 그녀의 모습은 침착해 보였고 그 어떤 고통을 드러내지도 않았으며 억지로 기쁜 척하지도 않았다. 마치 대리석으로 만든 고통의 여신 니오베 같았다. 행복으로 빛날 때와 거의 다름없는 모습이어서 사람들은 감탄하지 않을 수 없었다.

그녀가 외젠을 반갑게 맞았다.

"당신이 오지 않을까봐 조마조마했는데 와주었군요."

"부인, 저는 마지막까지 남아 있을 겁니다."

"당신은 여기 온 모든 사람들 중에 내가 자랑스럽게 여길 수 있는 유일한 사람이에요. 라스티냐크, 언제고 사랑할 수 있는 여자를 사랑하도록 해요. 그리고 그 여자를 버리지 말아요."

그녀가 그를 사람들이 카드놀이를 하고 있는 살롱으로 데려가면서 말했다.

"이제 파리 사람들은 나를 더 이상 볼 수 없을 거예요. 새벽 5시면 나는 파리를 떠날 거예요. 노르망디의 시골에 가서 묻혀 지낼 거예요. 오후 3시부터 나는 떠날 준비를 다 해놓았어요."

그녀는 눈물을 흘렸다. 그러나 곧 침착성을 되찾았다. 라스티냐크는 그녀가 괴로움을 억제하는 모습을 보며 가슴이 찡해 왔다. 그녀는 더없이 고상한 태도로 슬픔을 억누르고 있었다.

그의 눈에 레스토 부인과 누싱겐 부인의 모습이 들어왔다. 백작 부인은 다이아몬드로 멋지게 치장하고 있었다. 누싱겐 부인도 아주 아름다웠다. 그녀들의 아름다운 장식들과 고리오 영감이 누워 있는 허름한 침대가 겹쳐 떠올랐다. 그는 무도회 내내 우울했다.

새벽 4시쯤 살롱에 모여 있던 군중들은 점차 흩어지기 시작했다. 더 이싱 음악 소리도 들리지 않았다. 보세앙 부인은 남편과 작별 인사를 한 후 외젠이 있는 살롱으로 왔다. 보세앙 씨는 부인에게 "당신 잘못 생각한 거요. 당신 나이에 은둔 생활을 하다니. 그냥 우리랑 살아요"라는 말만 형식적으로 되풀이한 후 잠자리로 갔다.

보세앙 부인은 외젠을 보고 말했다.

"외젠, 행복하게 살아야 해요. 당신은 젊어요. 아직 그 무언가를 믿을 수 있을 때이지요. 나는 이제 하느님이 나를 데려가실 때까지 사랑하고 기도하며 지낼 거예요."

라스티냐크는 보세앙 부인이 여행용 사륜마차에 탈 때까지 남아 있었다. 그는 그녀의 눈물 젖은 작별인사를 받은 다음 새벽 5시쯤 그곳을 떠났다. 그녀의 모습을 보니 아무리 고귀한 사람이라도 인간은 마음의 법칙에서 벗어날 수 없다는 것, 그 누구도 슬픔 없이 사는 것은 불가능하다는 것을 증명해주는 것 같았다. 습기가 찬 쌀쌀한 날씨였다. 외젠은 보케 하숙집까지 걸어서 돌아왔다. 그의 파리 생활에 대한 교육은 이렇게 끝난 셈이었다.

라스티냐크가 고리오 영감의 방에 들어서자 비앙숑이 말했다.

"불쌍한 영감님을 구할 길은 이제 없을 것 같네."

라스티냐크는 비통한 심정으로 잠자리에 들었다.

다음 날 오후 2시에 비앙숑이 외출할 일이 있다며 외젠을 깨운 후 영감을 지켜달라고 부탁했다. 영감의 상태는 더 악화되어 있었다.

"이제 이틀도 더 못 사실 거야. 어쩌면 오늘 당장 눈을 감으실지도 몰라. 하지만 최선은 다해야지. 영감님 몸에 끓는 겨자 고약을 발라드려야 해. 발에서 허벅지 중간까지. 크리스토프가 도와줄 거야. 난 약국에 가서 필요한 약들을 모두 구해보겠네. 내가 돌아올 때까지 영감님 곁을 떠나지 말게."

외젠은 침대로 몸을 굽히면서 물었다.

"좀, 어떠세요, 아버님?"

고리오 영감은 흐리멍덩한 눈을 들어 외젠을 주의 깊게 바라보았다. 하지만 그를 알아보지는 못했다. 외젠은 그 모습을 견딜 수가 없었다. 그의 뺨 위로 눈물이 흘러내렸다.

비앙숑이 떠나기 전에 외젠에게 커다란 흰색 물병을 가리키며 말했다.

"영감님이 마실 걸 달라고 하시면 이걸 드리게. 끙끙 앓는 소리를 하다가 배가 느섭거나 딱딱해지면 이 물약을 드려. 크리스토프가 도와줄 걸세. 혹시라도 노인이 흥분하거나 말을 많이 하면 그냥 내버려둬. 그건 나쁜 징후가 아니니까."

라스티냐크 혼자 노인 곁에 남게 되었다. 그는 침대 발치께에 앉아 차마 보기에 두렵고 괴로운 노인의 얼굴을 뚫어지게 보고 있었다. 그는 속으로 생각했다.

'보세앙 부인은 떠나버리고 이 노인은 죽어가고……. 아름다운 영혼들은 이 세상에 오래 머물지 못하는구나. 하긴 그런 위대한 감정들이 어떻게 이 치사하고 편협한 세상과 어울려 지낼 수 있겠어?'

잠시 후 노인의 정신이 돌아왔다. 영감은 외젠을 알아보고 말했다.

"오, 자네로군. 사랑하는 외젠."

"좀 어떠세요?"

"좀 괜찮은 것 같아, 집게로 죄는 것처럼 머리가 아프더니 이제 좀 나아졌어. 내 딸들 보았나? 그 애들이 곧 올 거야. 내가 아프다는 걸 알면 즉시 달려와 나를 간호해줄 거야."

그때 크리스토프가 장작을 들고 나타났다. 그를 보고 영감이 말했다.

"고맙네, 크리스토프. 하느님이 상을 주실 거야. 그런데 장작 값은 어떻게 하지? 내 수중엔 이제 아무것도 없다네. 이보게, 내 딸들이 온다고 하던가? 어디 한번 더 가봐. 내가 나중에 5프랑 줄 테니. 딸들에게 내가 안 좋다고 말해. 죽기 전에 한번 안아보고 싶다고 말해. 하지만 딸들을 너무 놀라게 하지는 말게."

라스티냐크가 그대로 하라고 눈짓을 하자 크리스토프는 자리를 떴다.

"딸들은 올 거야. 내가 그 애들을 알지. 착한 델핀, 내가 죽으면 그 애는 얼마나 슬퍼할까! 나지도 마찬가지야. 난 죽고 싶지 않아. 딸들을 울리고 싶지 않아. 아아, 죽은 다음에 얼마나 심심할까? 죽는다는 건 더 이상 딸들을 못 보게 된다는 거잖아. 아버지에게 지옥이란 딸들 없이 지내는 걸 말하는 거야. 난 벌써 지옥을 경험했어. 그래, 딸들이 결혼한 다음에는 지옥에 살고 있었던 셈이야. 옛날에 살던 쥐시에 거리는 천국이었어. 그때의 딸들 모습이 눈에 보이는 것 같아. 아침마다 애들은 내게 '아빠, 안녕히 주무셨어요?'라고 인사했었지. 난 애들을 무릎에 앉히고 온갖 장난을 하곤 했지. 매일 아침 우리는 함께 아침을 먹었고 저녁도 함께 먹었지. 한마디로 나는 아버지였던 거야. 내 아이들 사랑을 마음껏 누렸던 거야. 쥐시에 거리에 살 땐 이이들은 따질 줄도 몰랐고 세상에 대해 아무것도 몰랐지. 개들은 나를 정말 좋아했어. 오, 하느님! 왜 그 애들이 계속 어린 딸들로 남아 있을 수 없는 걸까요?

아, 너무 아파. 오, 딸아이들 손을 잡을 수만 있다면 하나도 아프지 않으련만! 딸들이 올 거라고 생각하나? 딸들이 오면 나는 아프다고 하지 않을 거야.

아아, 난 이렇게 누워 있을 수 없어. 난 일어나서 돈을 벌어야 해. 아이들에겐 돈이 필요해. 오데사에 가서 전분을 만들면 되는데……. 난 꾀가 많은 사람이라 수백만 프랑을 벌 수 있을 텐데. 아, 너무 아파!"

갑자기 노인에게 가벼운 혼수상태가 찾아왔고 꽤 오래 지속되었다. 크리스토프가 돌아왔다. 외젠은 노인이 잠든 줄 알고 크리스토프에게 심부름 결과를 보고하라고 했다. 크리스토프가 큰 소리로 말했다.

"먼저 백작 부인 댁에 갔었지요. 그런데 부인에게 직접 말씀을 드릴 수도 없었어요. 남편 분과 다투고 있었으니까요. 제가 안 가고 버티니까 레스토 씨가 나와서 말하더군요.

'고리오 씨가 죽어간다고? 잘 됐네! 그게 제일 나은 길이지. 암튼 지금 부인은 갈 수 없어. 나하고 사업상 처리할 일이 있거든. 그 일이 끝나면 보내겠어.'

화가 난 기색이었어요. 제가 나오려는데 옆문으로 부인이 들어오면서 말하더군요.

'크리스토프, 내가 지금 남편과 담판을 벌이고 있다고 아버지께 말씀드려줘. 지금 남편 곁을 떠날 수 없다고. 내 자식들 생사가 달린 문제란다. 모든 게 끝나면 바로 간다고 전해줘.'

누싱겐 남작 부인은 만나서 이야기도 전하지 못했어요. 하녀가 나와서 말하더군요.

'부인은 무도회에서 5시 15분에 돌아오셔서 주무시고 계셔. 지금 깨우면 화를 내실 거야. 혹 나쁜 소식이라도 있으면 전해줘. 그렇게 되면 부인께 말씀드릴게.'

남작은 외출 중이라 보지도 못하고 나왔습죠."

"그럼, 두 딸 전부 안 온단 말이야!"라고 라스티냐크가 소리 쳤다.

그때였다. 노인이 윗몸을 벌떡 일으키며 말했다.

"둘 다 안 온다고! 남편과 싸우느라, 잠을 자느라 안 온단 말 이지! 내 그럴 줄 알았어. 죽을 때가 되면 자식이 뭔지 알 수 있 는 법인가봐. 아, 내 친구, 자네는 결혼하지 말아요. 자식도 낳 지 마오! 부모는 자식들에게 생명을 주지만 자식들은 죽음을 가져다줄 뿐이야. 부모는 자식들을 세상에 맞아들이지만 자식 들은 부모를 세상에서 쫓아낼 뿐이야. 아니, 그 애들이 안 온다 고! 그래, 난 10년 전부터 그걸 알고 있었어. 그런 생각을 하고 혼잣말을 했었지. 하지만 그걸 진짜로 믿을 엄두는 못 냈었는 데……."

노인의 두 눈에서 눈물이 흘러나와 벌건 눈가에 맺혔다.

"아! 만약 내가 지금도 부자라면, 내가 내 재산을 다 주지 않 고 갖고 있었더라면, 딸들은 왔겠지. 내 뺨에 입 맞추고 핥아댔 겠지. 남편과 자식들을 데리고 와서 펑펑 눈물을 쏟았겠지. 내 가 그 모든 걸 누릴 수 있었겠지.

하지만 이제는 아무것도 없어. 돈이면 모든 게 다 생기는 데. 심지어 딸들도 생기는데……. 오, 내 돈아, 어디에 있느냐? 남겨줄 보물을 내가 간직하고 있었다면 딸들이 내게 붕대를 매주고 간호를 해주었겠지. 딸들 목소리도 듣고 얼굴도 볼 수 있었겠지.

오, 사랑하는 외젠! 내 사랑하는 자식 같은 자네! 내 유일한 자식! 나는 이렇게 버림받아 비참하게 된 게 더 낫다네. 진짜 사랑이 무엇인지 확인할 수 있으니 말이야. 아아, 내가 그 애들을 너무 사랑해서 그 애들은 나를 사랑하지 않게 된 거야. 돈을 손에 거머쥔 채 자식들에게 굴레를 씌워서 말고삐처럼 쥐고 있어야 하는 건데. 그런데 나는, 나는, 딸들 앞에서 무릎을 꿇었으니…….

한심한 것들! 10년 전부터 딸들은 내게 못되게 굴기 시작했어. 그러면서도 아주 당당했어. 결혼 초기에 그 애들과 사위들이 나를 얼마나 챙겨주었는지 자네가 알겠는가! 딸애들 각자에게 거의 80만 프랑씩 챙겨주었으니…….80만 프랑씩 챙겨주는 사람을 함부로 대할 수 없지 않은가? 게다가 그때는 내가 아직 수중에 뭔가 있는 줄 알았던 거야.

아아, 아나스타지가 자기 집에서 나를 처음 쏘아보던 때 내가 얼마나 고통스러웠는지 자네가 알까? 내가 바보 같은 이야기를 사람들 앞에서 한다고 나를 쏘아보았지. 다음 날 위로를 받으려고 델핀 집으로 갔지. 내가 바보 같은 짓을 해서 델핀이 화를 냈어. 나는 미칠 것 같았지. 1주일 간 나는 아이들 집에도 못 들어가고 문간에만 서 있었다네. 애들이 뭐라고 할까 두려워서였지.

오, 하느님은 아시지요? 제가 얼마나 많은 고통을 참고 지내왔는지를……. 긴 세월 동안 받아온 수모를 다 아시면서 대체 무엇 때문에 지금 또 이렇게 고통스럽게 하시나요?

그래, 난 딸들을 지나치게 사랑한 죗값을 충분히 치른 거야. 딸들은 내 지나친 사랑에 대해 멋지게 복수했어. 그 애들은 마치 사형집행인처럼 나를 괴롭혔어. 그래, 아버지란 이렇게도 어리석은 거야! 나는 도박을 끊지 못하는 것처럼 딸들에 대한 사랑을 끊을 수 없었어. 내가 스스로 그 악덕을 끊지 못한 거야. 그 애들은 내 애인이었고 내 전부였어. 아, 딸들은 나를 부끄럽게 생각하고 얼굴을 붉히기 시작했지. 자식을 잘 기른다는 게 바로 이런 거라니!

오, 머리가 아프다. 내 딸들! 아나스타지, 델핀, 보고 싶구나! 경찰이라도 보내서 그 애들을 강제로 데려와주오. 아아, 아버지가 짓밟힌다면 나라도 망할 거야. 세상 모든 게 부성애 위에서 굴러가는데 만약 자식들이 아버지를 사랑하지 않는다면 모든 게 무너지게 돼 있어.

오, 딸들이 무슨 소리를 하건 딸들이 보고 싶어. 그 애들 목소리를 다시 한 번 듣고 싶어. 그러면 내 고통도 줄어들 텐데. 아아, 난 그 애들에게 생명을 주고 내 모든 것을 다 주었는데 그 애들은 내게 단 한 시간도 내주지 않다니! 나는 지금 죽어가는데 이렇게 내버려두다니! 제 아비의 시체를 밟고 걷는다는 게 어떤 건지 딸년들은 모르는구나. 하느님이 계셔서 우리 복수를 해주실 거야. 우리 아버지들의 복수를!

오, 딸애들은 올 거야. 마지막 입맞춤을 해다오. 아비는 너희를 위해 기도할 거야. 너희는 착한 딸들이었다고! 너희에겐 죄가 없다고. 그래, 젊은이, 그 애들에겐 죄가 없다오. 모든 건 다 내 잘못이야. 그 애들이 나를 멸시하도록 내가 가르친 거지. 난 그게 좋았다네. 하느님이 아이들에게 벌을 주신다면 그건 공정하지 못한 거야. 내가 제대로 처신할 줄 몰랐던 건데.

그래, 난 한심하고 벌 받아 마땅한 놈이야. 딸들의 방종한 삶은 오직 나 혼자서 빚어낸 거야. 내가 딸들을 망쳐놓았다니까. 자식에게 그런 타락에 빠뜨린 건, 그런 죄를 지은 건 바로 나야. 그 애들은 옛날에 사탕을 원했던 것처럼 지금은 쾌락을 원해. 다 내가 그렇게 길들인 거야. 난 그 애들이 원하는 건 뭐든지

해주었어. 다 내 죄라네. 아, 딸들은 올 거야. 내가 딸들에게 수백만 프랑을 남겨줄 거라고 편지를 쓰게. 오데사에 가서 전분을 만들면 돼. 딸들은 탐욕 때문에라도 올 거네."

노인은 몸을 일으키려고 했다. 외젠은 그를 다시 눕히며 말했다.

"자, 영감님, 어서 누우세요. 제가 딸들에게 편지를 쓰겠습니다. 따님들이 안 온다면 비앙숑이 돌아오는 대로 제가 직접 가보겠습니다."

노인의 흐느끼며 다시 입을 열었다.

"만일 안 온다면? 난 이미 죽었을 텐데! 울화가 치밀어 죽었을 텐데! 지금 이 순간 내 생애가 눈에 보이네. 난 속았던 거야! 딸들은 나를 사랑하지 않아. 단 한번도 사랑한 적이 없어. 딸들이 지금까지 안 왔다면 앞으로도 안 올 걸세. 딸들은 내 슬픔, 내 고통, 내가 필요로 하는 것은 짐작도 하지 못하고 살았어. 내 죽음도 짐작하지 못할 거야. 딸들은 내 사랑의 비밀조차 모른다네. 그냥 내가 자기들에게 뭔가 해주는 것만 알 뿐이지.

딸들의 자식들이 걔들에게 내 복수를 해주겠지. 그 애들이 여기 온다면 그건 자기네들 이익 때문이야. 오오, 자네가 딸들에게 가서 말해주게. 여기 안 오는 건 아버지를 죽이는 일이라고. 그 죄를 더 짓지 않더라도 이미 충분히 죄를 지었다고 말해 주게. 아아, 버림받는다는 것, 이게 바로 내게 주어진 보상이군. 나는 개처럼 죽어버리는 건가? 염치없는 년들, 나쁜 년들! 난 그년들을 저주하고 증오해. 밤이면 관에서 벌떡 일어나 그것들을 저주하려네. 내 친구여, 내가 잘못 생각하는 건가?

오오, 내가 무슨 소리를 하고 있는 건가? 이보게 외젠, 자네가 내 아들이네, 자네가! 델핀을 사랑해주게. 그 애에게 아버지가 되어주게. 나지는 정말로 불쌍하다네. 아아, 그 애들의 재산은······. 아, 하느님, 저는 죽습니다. 너무 괴로워요. 이제 그만 제 목을 잘라주세요.″

겁이 더럭 난 외젠이 말했다.

″제가 따님들을 찾아가볼게요, 영감님. 제가 그들을 데려다 놓을 게요. 딸들을 보실 수 있을 거예요.″

″억지로, 억지로라도 데려와! 근위대를 불러! 부대를 다 동원해! 뭐든지 다! 아, 끝났어. 나는 딸들도 없이 죽네. 오, 딸들! 나지, 피핀, 자, 와다오. 너희 아버지가 떠난다······.″

그는 갑자기 정신을 잃었다. 바로 그 순간 비앙숑이 들어왔다. 그가 노인의 눈꺼풀을 위로 치켜 보았다.

″다시는 정신이 들지 않을 거야. 내가 보기엔 그래. 심장은

계속 뛰고 있지만 오히려 더 안 좋아. 차라리 돌아가시는 게 나아. 그런데 자네 얼굴이 왜 그런가?"

죽은 사람처럼 창백한 외젠의 얼굴을 바라보며 비앙숑이 물어보았다.

그러자 외젠이 말했다.

"오, 비앙숑, 나는 정말 처절한 절규를 들었어. 하느님은 분명히 계셔. 계셔야만 해. 그래서 우리에게 이보다 더 나은 세상을 어딘가 마련해 놓으셨어야 해. 만약 그게 아니라면 우리 삶은 너무 무의미해. 여기 이 세상이 전부라면 우리는 너무 비참해. 난 지금 울 수조차 없어. 너무 비극적이야. 내 심장이 너무 조여와서 울 수조차 없어."

"알겠네. 하지만 우린 할 일이 많아. 그런데 돈이 없어서 어쩌지?"

라스티냐크는 얼른 손목시계를 풀었다.

"자, 수중에 돈이 한 푼도 없으니 이걸 갖고 어서 전당포에 다녀와. 나는 이분 딸들에게 가보겠어."

외젠은 집을 나서서 레스토 백작 부인의 집으로 갔다. 응접실로 가서 하인들에게 그녀가 있는지 물으니 어디 있는지 모른다는 대답이 돌아왔다. 그가 버럭 고함을 질렀다.

"아니, 부인의 아버님이 돌아가시려고 해서 온 건데!"

"저희는 백작님으로부터 엄명을 받았습니다."

"명령이고 뭐고 백작이 집에 있다면 당장 보자고 해. 내가 당장 할 이야기가 있다고 전해!"

그는 오랫동안 기다렸다. 이윽고 하인이 나타나 그를 살롱으로 안내했다. 레스토 씨가 벽난로 앞에 서서 그를 맞았지만 앉으라는 소리도 하지 않았다.

"백작님, 백작님의 장인어른께서 임종하시기 직전입니다. 마지막으로 딸을 보고 싶어 하십니다."

"고리오 씨에 대해 내가 별 애정이 없다는 건 잘 아실 텐데요. 그는 레스토 부인의 성격을 망쳐놓은 사람입니다. 그래서 내 삶을 불행에 빠뜨린 장본인입니다. 그가 죽든 살든 나하고는 상관없는 일입니다. 부인은 지금 외출할 수 있는 상황이 아닙니다. 게다가 난 그녀가 집 떠나는 걸 원치 않아요. 그 사람 아버지에게 말해주시오. 그 사람이 나와 내 자식에 대한 의무를 다하면 보러 갈 것이라고. 만약 그 사람이 자기 아버지를 사랑한다면 다 양보하고 자유로워질 수 있겠지요."

외젠은 부인이라도 만날 수 있게 해달라고 백작에게 사정했다. 백작은 그를 평소 부인이 거처하는 살롱으로 안내했다. 부인은 눈물을 펑펑 흘리며 마치 죽고 싶은 사람처럼 안락의자에 푹 파묻혀 있었다. 외젠을 바라보기 전에 그녀는 백작을 두려운 듯 바라보았다. 백작이 고개를 끄덕이자 그녀가 허락이라도 받은 듯 입을 열었다.

"저도 다 들었어요. 아버지께 말씀해주세요. 제가 지금 처한 상황을 아시면 아버지도 저를 용서해주실 거라고 말씀드려주세요. 나는 내 힘으로는 도저히 어쩔 수 없는 상황에 처해 있어요. 하지만 끝까지 버텨볼래요."

그러더니 그녀는 마치 미친 듯이 소리쳤다.

"나도 자식들이 있어요! 아버지께 말해주세요. 겉보기와 달리 내가 아버지께 욕먹을 짓 한 게 별로 없다고 말이에요."

외젠은 이 여인의 정신이 정상이 아니라는 걸 알고는 인사를 하는 둥 마는 둥 그 집에서 빠져나왔다.

그는 한걸음에 누싱겐 부인 집으로 달려갔다. 그녀는 침대에 누워 있었다.

"나는 지금 너무 아파요. 무도회에서 나오면서 감기에 걸렸어요. 폐렴이면 어쩌지요? 의사를 기다리는 중이에요."

"설령 당신이 지금 죽어가는 몸이라 하더라도 당신을 아버지께 끌고 가야겠소. 아버지가 당신을 부르고 계시다고요. 아버지

신음 소리를 들으면 당신이 아프다는 소리는 쏙 들어갈 겁니다."

"아버지는 제가 잘 알아요. 만약 내가 지금 밖으로 나갔다가 병이 악화되면 아버지는 슬퍼서 돌아가실 거예요. 그래요. 의사가 온 다음에 가도록 해요. 그런데 당신, 내가 준 시계를 왜 안 차고 있지요? 외젠, 당신이 그 시계를 벌써 팔았거나 잃어버린 거라면……. 오오, 그러면 안 되는데……."

외젠은 델핀의 침대 위에 몸을 숙이고 그녀의 귀에 대고 말했다.

"그 시계를 어떻게 했는지 알고 싶어요? 자 알려주죠! 당신 아버님께서는 오늘 저녁 입어야 할 수의를 살 돈조차 없어요. 그 시계는 전당포에 잡혔어요. 내게는 돈이 한 푼도 없었거든요."

델핀은 갑자기 침대에서 튕기듯 일어나더니 책상으로 달려갔다. 그리고 지갑을 챙겨 외젠에게 주었다.

"가겠어요, 외젠. 옷 좀 갈아입고 남편에게 이야기한 다음에 갈 게요. 당신보다 내가 먼저 도착할 수도 있어요."

외젠은 죽어가는 노인에게 한 명의 딸이라도 올 것이라고 알릴 수 있게 된 게 다행이라 생각하며 하숙집으로 갔다. 그는 타고 온 마부에게 돈을 주려고 지갑을 열었다. 그렇게 부유하고 우아한 여자의 지갑에는 겨우 70프랑이 들어 있었다.

방으로 올라가니 비앙숑이 고리오 영감을 붙들고 병원에서 온 내과의사와 외과의사와 함께 노인의 등에 뜸을 뜨고 있었다. 의학상 마지막 치료방법이었다. 하지만 가망은 없어 보였다.

　노인이 외젠을 흘끔 보고 말했다.

　"딸애들이 올 거로군, 그렇지?"

　"예, 델핀이 곧 올 겁니다."

　그때 내과 의사가 외과 의사에게 말했다.

　"이제 그만 하십시다. 더 이상 할 수 있는 게 없어요."

　그런 후 두 명의 의사는 밖으로 나갔다.

　비앙숑이 외젠에게 말했다. "자, 힘을 내야 해. 영감님에게 흰 셔츠를 입혀 드리고 침대 시트를 바꿔드려야 해."

　그러려면 돈이 필요했다. 보케 부인이 돈을 받지 않고 시트를 갈아줄 리 만무했다.

　외젠이 비앙숑에게 물었다.

　"시계 맡기고 받은 돈은?"

　"우리가 그간 외상으로 가져온 것들 값 다 치르고 저기 360프랑이 남아 있어."

　외젠은 돈을 들고 보케 부인에게 가서 시트를 부탁했다. 보케 부인은 200프랑을 요구했다. 돈을 주자 부인은 실비에게 노인의 시트를 갈아주라고 지시했다.

둘은 셔츠를 갈아입히기 위해 노인의 몸을 들어 올렸다. 노인의 상의를 벗기자 노인이 뭐라고 웅웅 고함을 질렀다.

"아, 알겠어. 우리가 조금 전에 뜸을 하려고 영감님 목에서 머리카락으로 만든 작은 띠와 목걸이를 풀었거든. 그걸 달라는 거야. 다시 걸어드려야겠어. 저기 벽난로 위에 두었거든."

외젠은 벽난로로 가서 금발 머리카락을 띠처럼 엮은 것을 가져왔다. 아마도 영감 부인의 머리카락인 것 같았다. 작은 메달 한쪽에는 아나스타지, 다른 한쪽에는 델핀이라는 글자가 쓰여 있었다. 메달 속에는 아주 가느다란 머리카락들이 들어 있었다. 두 딸이 아주 어릴 때 잘라서 간직한 것이 틀림없었다.

이 메달 목걸이를 다시 걸어주자 노인이 '끙' 하는 신음소리를 냈다. 만족의 표시였다. 하지만 왠지 듣기에 소름이 돋는 소리였다. 그의 감성이 발하는 마지막 표현이었다. 두 대학생은 사고가 정지된 이후에도 살아남은 무서운 감정의 힘에 감동을 받았다.

실비가 시트를 가져왔고 셋은 시트를 갈아주었다. 노인의 몸을 들었다가 다시 눕히는 순간 노인이 두 대학생의 머리카락을 세차게 움켜잡았다. 그리고 희미하게 '내 천사들!' 하는 소리가 들렸다. 마지막 탄식이었다. 이 탄식은 그의 일생을 한 마디로 표현한 것이었다. 그러니 마지막까지 그는 잘못 생각한 셈이었다.

그 마지막 표현을 끝으로 그는 의식을 잃었다. 그의 얼굴에는 오로지 생사를 오가며 벌이는 기계적인 싸움의 흔적만 드러날 뿐이었다. 이제는 죽기까지 시간이 얼마 남았느냐 하는 문제밖에 없었다.

바로 그때 계단에서 웬 젊은 여자가 숨을 헐떡이며 올라오는 소리가 들렸다. 델핀이 아니라 델핀의 하녀 테레즈였다.

"외젠 씨, 주인님 내외분 사이에 아주 심한 싸움이 벌어졌어요. 부인께서 아버지를 위해 돈을 요구했다가 그렇게 된 거지요. 부인은 기절하셨고 의사가 왔어요. 부인이 계속 '아버지가 돌아가시는데……. 아빠를 보러 가야 돼'라고 소리치셨어요. 가슴이 찢어지는 것 같은 소리였어요."

"됐소, 테레즈, 이제 온다 해도 소용이 없어요. 영감님은 이제 의식이 없으니까요."

그때였다. 레스토 부인이 나타났다. 그녀를 보자 비앙송이 조용히 자리를 떴다. 그녀가 외젠에게 말했다.

"더 이상 일찍 빠져 나올 수가 없었어요."

그녀는 아버지의 손을 잡고 거기에 입을 맞추었다.

"용서하세요, 아버지! 제 목소리를 들으면 무덤 속에서라도 다시 나오실 거라고 하셨지요? 그럼 제발 다시 정신 차리셔서 뉘우치는 딸의 목소리를 들어주세요. 그리고 제발 저를 위해 축복의 기도를 해주세요, 아버지. 아버지, 이 세상에서 저를 축복해주실 분은 아버지뿐이에요. 모두들 저를 미워해요. 저를 사랑해주는 분은 아버지뿐이에요. 제 자식들까지도 저를 미워할 거예요. 저도 같이 데려가주세요. 아버지, 아버지를 사랑할 거예요. 제가 보살펴드릴 거예요. 아아, 아버지, 이제 안 들리시는군요. 아버지, 정말 미칠 것 같아요."

그녀는 정신이 오락가락하는 표정으로 시체처럼 누워 있는 아버지를 물끄러미 바라보았다. 그러더니 고개를 돌려 외젠을 보고 말했다.

"정말 최악의 상황이에요. 마르셀 트라유는 어마어마한 빚만 남겨놓고 떠났어요. 그는 날 속인 거예요. 남편은 나를 절대로 용서하지 않을 거예요. 난 남편에게 내 재산을 마음대로 하라고 다 맡겼어요. 아아, 나를 그렇게 애지중지하시던 유일한 분. 아아, 난 도대체 누굴 위해 아버지를 배신한 거지요! 난 아버지를 멸시했고 온갖 못된 짓을 다 했어요. 난 정말 파렴치한 인간이에요."

외젠은 한마디 하지 않을 수 없었다.

"아버지도 이제 그걸 다 알고 계십니다."

레스토 부인이 아버지 곁을 지키고 싶다고 했기에 외젠은 뭐라도 먹기 위해 아래로 내려왔다. 그를 보자 화가가 말했다.

"그래, 어때? 저 위층에서 시체를 보게 될 것 같은데."

"살아왔던 대로 죽겠지요"라고 박물관 직원이 말을 받았다.

그때였다. "아버지가 돌아가셨어요!"라는 백작 부인의 외침이 들렸다. 모두들 뛰어 올라가 보니 레스토 부인은 기절해 있었다. 외젠은 그녀를 정신 차리게 한 다음 대기하고 있던 마차에 태웠다. 외젠은 아직 가지 않고 있던 테레즈에게 레스토 부인을 누싱겐 부인 댁으로 모시고 가라고 했다.

식탁에 앉아 외젠과 비앙숑은 앞으로의 일을 상의했다.

"이제 어떻게 해야 하지?"라고 외젠이 물었다.

"구청 의사가 와서 사망을 확인한 후, 가서 사망신고를 해야지. 그다음에는 수의를 입혀서 매장하는 거지. 그 외에 뭘 어떡하겠나?"

그러자 복습 담당 교사가 말했다.

"이런 제길! 여러분, 이제 고리오 영감 이야기 그만하고 식사나 합시다. 제대로 먹지도 못하겠네. 한 시간 내내 영감 이야기만 하고 있잖아. 파리라는 이 좋은 도시가 지닌 장점 중 하나가, 그 누가 살다 죽어도 아무도 신경 쓰지 않는다는 것 아니겠소? 오늘 죽은 사람만도 예순 명이 넘는데 그 숱한 죽음을 다 일일이 슬퍼할 거요? 고리오 영감이 뒈진 건 잘된 일이지, 뭐. 만약 그 영감 좋아하는 사람이라면 조용히 그 곁에 가서 지켜주구려. 우리는 조용히 앉아서 식사 좀 합시다."

그러자 과부 보케 부인이 맞장구를 쳤다.

"그래요. 돌아가신 게 차라리 다행이에요. 가엾은 영감님, 사시는 동안 궂은일이 참 많았던 분이잖아요."

고리오 영감은 외젠에게는 부성애를 대표하는 사람이었다. 그런데 그런 존재에 대한 추도의 말이 고작 이것이었다. 보케 하숙에 와서 식사하는 열다섯 명의 하숙인은 평소처럼 수다를 떨기 시작했다. 외젠과 비앙송도 식사를 마쳤지만, 포크와 수저 소리, 웃으며 나누는 이야기 소리, 무심하고 게걸스러운 이 사람들이 보이는 무덤덤한 태도 등 모든 것이 끔찍했다.

두 사람은 집을 나와 망자 곁을 지키며 기도해줄 신부를 찾으러 갔다. 돈이 얼마 없었기에 마지막까지 망자에 대한 도리를 다하려면 돈을 아껴 써야 했다. 밤 9시쯤 영감의 시신은 등불 두 개만 밝혀놓았을 뿐 아무것도 없는 텅 빈 방 안에 안치되었다. 영감의 시신 안치대에는 가죽띠가 십자로 매어 있었다.

다음 날 아침 두 명은 사망신고를 했고 정오경 사망이 공식적으로 확인되었다. 제대로 된 관을 살 돈이 없어서 의대생 비앙숑이 자기 병원에서 살 수 있는 가장 싼 관을 구해야 했다.

비앙숑이 외젠에게 말했다.

"가서 페르 라셰즈 묘지에 장지를 5년 계약으로 사도록 해. 그리고 성당과 장의사에게 3급 장례를 부탁하도록 하게. 그리고 사위와 딸들에게 비용을 청구하세. 만일 그들이 그걸 거부하면 그 웃기는 놈들에게 보기 좋게 한 방 먹여. 묘비에 이렇게 새기는 거지.

'레스토 백작 부인과 누싱겐 부인의 아버지인 고리오 씨, 두 대학생이 비용을 대서 여기 묻혀 잠들다'라고.

외젠은 누싱겐 부부와 레스토 부부에게 돈을 구하러 갔다가 허탕을 쳤다. 양쪽 집 모두 정문도 통과하지 못했던 것이다. 델핀의 하인은 아버님을 잃은 슬픔에 잠겨 주인 내외 모두 아무도 만나고 싶지 않다는 말을 전했다. 그는 비앙숑의 조언대로 처리했다.

그는 오후 3시쯤 하숙으로 돌아왔다. 그는 인적 없는 길 위에 검은 천으로 대충 덮인 관을 보자 눈물이 났다. 아무런 치장도 없었으며 참석자도, 친구도, 친척도 없는 가난한 이의 죽음이었다. 비앙숑은 병원에 출근해야 했기에 그곳에 없었다. 비앙숑은 '미사를 신청하려면 돈이 많이 들기 때문에 비용이 덜 드는 위령 기도를 신청할 수밖에 없었다'라는 내용의 쪽지를 남겨놓았다.

운구 마차가 도착하자 외젠은 영감의 가슴 위에 그가 늘 목에 걸고 다니던 메달을 엄숙하게 올려놓았다. 그것은 델핀과 아나스타지가 티 없이 순수하던 어린 시절, 아직 그 애들이 '따지고 들 줄 모르던 시절', 영감이 고통을 겪으며 회상했던 그 시절을 압축해놓은 것이었다.

두 명의 장의사 직원과 더불어 라스티냐크와 크리스토프 두 사람만이 성당을 향한 운구 마차를 따라갔다. 성당에 도착하자 시신은 어두운 곳의 나지막하고 작은 시체 안치소 위에 놓여졌다. 외젠은 주변을 둘러보았다. 혹시 고리오 영감의 딸들과 사위들의 얼굴이 보이지나 않을까 하는 기대에서였다. 하지만 그들의 모습은 보이지 않았다. 라스티냐크는 크리스토프의 두 손을 꼭 잡고 있었다.

위령 기도가 열리는 사이 크리스토프가 나지막이 외젠에게 말했다.

"정직하고 좋은 분이셨지요. 언제나 큰 소리를 내지도 않았고요. 아무에게도 해를 끼치지 않고 나쁜 일이라곤 해보지도 않은 분이셨지요."

성당에서는 70프랑의 사례금을 받고 해줄 수 있는 최선의 의식을 베풀어주었다. 두 성식가는 「시편」의 '구하소서'와 '깊은 구렁 속에서'를 낭송했다. 의식은 20분간 진행되었다. 묘지까지 갈 마차는 한 대뿐이었다. 거기 신부 한 사람과 성가 부르는 아이, 외젠과 크리스토프가 탈 수 있었다.

"뒤따르는 조문 행렬도 없으니 제시간에 갈 수 있겠네요"라고 크리스토프가 쓸쓸하게 말했다.

시신을 운구 마차에 옮겨 실었을 때였다. 레스토 백작과 누싱겐 집안의 문장을 새긴 마차가 각각 한 대씩 나타났다. 마차 안에는 아무도 타고 있지 않았다. 그 마차들은 페르 라셰즈 묘지까지 운구 마차를 따라갔다.

6시에 고리오 영감의 시신은 묻혔다. 무덤 주위에는 딸들이 보낸 사람들이 서 있다가 노인의 영혼을 위한 짧막한 기도가 끝나자마자 사라졌다. 매장 일꾼이 일을 끝내자 외젠에게 와서 팁을 달라고 했다. 주머니를 뒤져보니 텅 비어 있었다. 그는 어쩔 수 없이 크리스토프에게 1프랑을 꾸어야 했다. 돈을 꾼 것

자체는 별일이 아니었다. 그러나 라스티냐크의 마음속에 무서운 슬픔이 밀려왔다.

해는 지고 축축한 땅거미가 내려앉았다. 그는 무덤을 바라보았다. 그리고 고리오 영감과 함께 청춘의 마지막 눈물을 묻어버렸다. 순수한 마음, 거룩한 감정에서 우러나온 눈물이었으며, 그 땅에서 다시 샘솟아 하늘까지 가 닿을 그런 눈물이었다. 그는 팔짱을 끼고 구름을 물끄러미 바라보았다. 라스티냐크의 그런 모습을 지켜보던 크리스토프는 그를 그 자리에 남겨 둔 채 하숙으로 돌아갔다.

혼자 남은 라스티냐크는 높은 언덕 쪽으로 몇 걸음 걸어 올라갔다. 센강 양쪽 기슭을 따라 등불이 켜지기 시작하고 있었다. 그는 등불을 따라 구불구불 누워 있는 파리를 바라보았다. 그는 그가 뚫고 들어가고자 했던 그곳, 방돔 광장 기둥과 앵발리드 둥근 지붕 사이, 그 멋진 사교계 사람들이 살고 있는 곳을 뚫어지게 바라보았다. 그리고 웅웅거리는 벌집과도 같은 그곳에서 꿀을 빨아내기라고 할 것 같은 시선으로 그곳 파리를 바라보았다. 그리고 장중하게 말했다.

"자, 이제 파리와 나, 우리 간의 대결이다!"

라스티냐크는 저녁을 먹으러 누싱겐 부인 집으로 향했다. 그 사회에 대한 그의 첫 번째 도전의 발걸음이었다.

루아르 강변 사셰 성에서, 1834년 9월

『고리오 영감』을 찾아서

　단테의 『신곡』은 이탈리아 원어로 『La Divina Comedia』이다. 그것을 프랑스어로 옮기면 『La Comédie Divine』가 된다. 느닷없이 단테의 『신곡』 이야기를 하는 것은 오노레 드 발자크(Honoré de Balzac, 1799~1850)가 자신이 쓴 90여 편의 장편과 단편을 서로 연결시켜 하나의 거대한 작품 세계로 만든 후, 거기에 『La Comédie Humaine』라는 제목을 붙였기 때문이다. 『신곡』과 같은 식으로 옮기면 『인간곡』이 된다. 그런데 우리는 그것을 『인간극』, 또는 『인간희극』이라고 옮긴다. 이유는 간단하다. 단테의 작품은 운문이고 발자크의 작품은 산문이기 때문이다. 단테의 작품은 노래로 부를 수 있지만 발자크의 작품은 드라마처럼 펼쳐지기 때문이다.

　제목만 보아도 발자크의 야심과 배포는 대단하다. 단테의

『신곡』이 어떤 작품인가? 사후 세계를 「지옥 편」「연옥 편」「천국 편」으로 나누어 그곳을 모두 보여주겠다는 야심에서 쓴 작품이다. 발자크가 자기 작품들을 모두 모아 『인간희극』이라는 제목을 붙인 것은 이 세상에서 벌어지고 있는 일들을 자기 작품들 속에서 모두 보여주겠다는 엄청난 야심과 자부심을 지니고 있었기 때문이다. 그래서 『고리오 영감』에서 '이 극은 허구도 아니고 소설도 아니다. 모든 것이 사실이다'라고 과감하게 쓴다. 이 때문에 그는 사실주의의 시조로 평가받는다. 스탕달이 "소설이란 길을 따라 들고 다니는 거울이다"라고 말하며 사실주의의 길을 연 것이 사실이지만 그의 소설들에는 낭만주의의 색채가 짙게 배어 있었기에 사실주의의 시조 자리를 발자크에게 내줄 수밖에 없다.

　스탕달의 『적과 흑』과 발자크의 『고리오 영감』은 비슷한 면이 많은 소설이다. 적어도 그 두 소설의 젊은 남자 주인공만 보면 아주 비슷하다. 『적과 흑』의 쥘리앵 소렐이나 『고리오 영감』의 라스티냐크는 둘 다 시골 출신이다. 하지만 그들은 자신의 태생에 결코 만족하고 안주하지 못한다. 둘 다 야망을 가지고 있다. 무슨 야망? 출세에 대한 야망이다. 둘 다 '젊은이여, 야망을 가져라!'라는 충고에 충실히 귀를 기울이는 인물들이다.

하지만 그 둘은 비슷하면서도 다르다. 쥘리앵 소렐은 궁극적으로 사회적 성공이나 신분 상승이 아니라 내 삶에 의미를 주는 길을 택했다. 작가는 주인공을 그 길로 이끌었다. 그래서 그는 더러운 세상과 타협하지 않고 죽는다. 영웅답게 타락한 세상과 작별한다.

반면에 라스티냐크는 세상과 맞선다. 그는 작품의 끝에서 불빛을 받은 파리를 바라보며 "자, 우리 간의 대결이다!"라고 장중하게 외친다. 그리고 그 타락한 세상을 향해 발걸음을 옮긴다. 그 타락한 세상 속에서 성공하기 위해서이다. 쥘리앵이 순수함의 상징이라면 라스티냐크는 그 순수함의 종말을 알리는 인물이다.

그래서 발자크의 작품을 읽는 우리의 마음은 그다지 편하지 못하다. 우리는 소설 작품을 읽으면서 그 무언가 바람직한 인물, 영웅적 인물의 모습을 그리는 데 익숙해 있기 때문이며, 발자크의 작품들은 그러한 우리의 기대를 저버리기 때문이다. 하지만 우리의 마음을 편하지 못하게 해주는 바로 그곳에 발자크 작품의 뛰어난 점이 있다.

『고리오 영감』의 고리오 영감을 보자. 그는 더없이 순수한 사람이다. 자기가 가장 소중히 여기는 가치에 삶의 모든 의미를 두고 그 어떤 것의 유혹에 넘어가지 않는 사람을 우리는 순수한 사람이라고 한다. 고리오 영감이 바로 그런 사람이다. 그는 부성애(父性愛) 그 자체다. 작가가 부성애의 그리스도라고 절묘하게 표현한 인물이다. 그는 순수하다 못해 숭고한 인물이다. 그는 딸들의 행복에서 자신의 행복을 찾으며 자신의 불행보다 딸들의 불행을 더 못 견뎌하는 인물이다. 그는 딸들을 위해 모든 것을 희생하는 사람이다. 그런 그의 임종에 딸들은 오지 않는다. 그가 그야말로 모든 것을 다 주었기 때문이다. 이게 엄연한 현실이다. 더없이 순수하고 숭고한 것이 존중받는 것이 아니라 배반당하고 좌절하게 만드는 곳, 그것이 바로 웃기는 세상이고 현실이다.

발자크 소설의 주인공은 바로 그 웃기는 세상이고 웃기는 현실이다. 발자크는 그 웃기는 세상을 단순히 비웃지도 않았고 피해 가지도 않았다. 그 세상 밖에 존재하는 순수한 것과 숭고한 것을 미화하지도 않았다. 발자크는 자기 안에 있는 속물근성을 있는 그대로 드러냈다. 발자크는 세상의 속물근성을 그 누구보다 깊이 꿰뚫어보고 적나라하게 표현했다. 그래서 그는 이 불편한 소설을 읽고 있는 독자에게 자신 있게 말한다.

'(이 소설은) 너무도 사실적이라서, 읽는 이는 이 드라마에서 자

기 집, 또는 자기 마음속에서 벌어질 만한 일을 쉽게 찾아볼 수 있을 것이다.'

세상을 제대로 살아가려면 어떻게 해야 하는가? 우선 나를 제대로 알고 세상을 제대로 알아야 하는 것 아닌가? 세상이 아무리 추하고 역겹더라도 아무 생각 없이 그에 휩쓸려 사는 것보다는 두 눈 뜨고 제대로 보는 것이 낫다.

나는 젊은 여러분에게 자신 있게 말한다. 아무 생각 없이 세상에 휩쓸려 살다가는 성공도 없고 실패도 없다. 어떤 게 성공한 삶인지 실패한 삶인지 알 수 없기 때문이다. 그렇게 살다가는 이 세상과 한판 붙어볼 의지도 생기지 않고 한판 붙어볼 자유도 생기지 않는다. 이 세상과 이 세상 사람들이 얼마나 속된가를 적나라하게 보여주는 발자크의 소설들은 우리를 절망에 빠뜨리는 게 아니라, 우리를 돌아보고 우리 자신을 되찾게 해준다. 여러분이 이 소설을 읽으면서 나와 나를 둘러싸고 있는 세상을 다시 한 번 진지하게 바라보는 기회로 삼는다면, 여러분은 그만큼 의미 있는 삶을 위해 한 걸음 앞으로 나아간 것이다.

세상 살다보면 우리는 눈을 돌리고 싶은 일들을 보게 되고 겪게 된다. 우리의 분노를 자아내는 어처구니없는 행동들도 보게 된다. 세상이 타락했음을 알고 한탄도 하게 된다. 인간 속에는 본능적으로 미덕을 중시하는 순수한 마음이 있기 때문이다. 그러나 그 순수한 마음만으로는 건강하게 살아갈 수 없다. 고리오 영감은 너무 순수했기에 오히려 딸들을 타락시켰다. 영감이 마지막까지 어느 정도 돈을 움켜쥐고 딸들에게 주지 않았다면, 딸들은 오히려 영감에게 끝까지 효도했을 것이다. 그러나 영감은 그럴 줄 몰랐다. 딸들 마음속에 들어 있는 이기적 본능을 읽지 못했기 때문이다. 한 마디로 세상을, 그리고 사람을 너무 몰랐기 때문이다.

세상을 너무 모른다는 건 무엇을 뜻하는가? 자기 자신을 잘 모른다는 것을 뜻한다. 발자크의 불편한 소설들은 바로 우리 자신의 적나라한 모습을 우리에게 보여주고 우리 자신을 다시 한 번 생각하게 해준다. 그렇게 우리 자신을 한번 돌아보고 생각하는 순간 우리는 그만큼 건강해진다.

이 소설을 읽는 여러분을 아주 불편하게 만들었을 내용이 한 가지 더 있다. 바로 파리 귀족사회의 남녀 관계다. 지금 상식으로는 도무지 이해가 안 된다. 어떻게 버젓이 가정을 가진 사람들이 공공연히 연애를 하는가? 어떻게 배우자도 그것을 인정하고 사교계 전체가 그것을 인정하는가? 고리오 영감은 어떻게 결혼한 제 딸을 라스티냐크와 거리낌 없이 맺어주는가?

당시 프랑스 귀족 사회의 결혼관이 지금과 다르기 때문이다. 당시 귀족 사회에서의 결혼이란 일종의 계약일 뿐이었다. 사회적 신분과 부를 얻기 위한 수단이었기 때문이다. 내가 읽은 『카사노바 회고록』에는 이 소설에서보다 더 충격적인 장면이 나온다. 귀족들의 모임에서 주인집 아이들이 뛰어다니며 놀자, 그 집의 주인이 아이들을 한 명, 한 명 가리키며 '저 아이는 내 아내와 누구 사이에서 나온 애, 또 저 아이는 내 아내와 누구 사이에서 나온 애'라고 말하는 장면이 나오는 것이다. 소설이 아니라 회고록이니 엄연한 사실로 보지 않을 수 없다. 한 마디로 말하면 계약에 불과한 부부관계에는 애정이 없어도 아무 상관이 없던 시대였다. 그러니 남편 또는 아내가 아닌 다른 사람과 애정을 나누는 것이 암묵리에 용인되는 사회였다. 발자크가 억지로 세상을 타락한 것으로 보이기 위해 고안해낸 픽션이 아님을 여러분에게 알려주기 위해 한 마디 덧붙였다.

발자크의 소설들은 인물이 여러 소설에 재등장하는 것으로 유명하다. 그렇다고 『인간희극』은 전체가 하나의 줄거리로 이어진 서사소설도 아니고 연작소설도 아니다. 각각의 작품들이 모두 독립적인 장편이면서 서로 연관을 맺고 있다.『고리오 영감』의 젊은 주인공 라스티냐크는 이전에 발표한『상어가죽(La Peau de chagrin)』이라는 작품에 이미 나오며, 그를 비롯해 보트랭, 누싱겐 부인, 보세앙 부인, 비앙숑, 랑제 공작 부인 들은『고리오 영감』이후에 발표된 소설 속에도 계속 등장한다.『고리오 영감』은『인간희극』전체를 열어주는 서막이라고 볼 수 있는 것이다. 혹시『고리오 영감』에 등장했던 인물들 중 다시 만나보고 싶은 인물이 여러분에게 있다면 그의 다른 작품들을 펼쳐보면 될 것이다.

발자크는 프랑스의 정원으로 일컬어지는 아름다운 루아르강(江) 유역의 도시 투르에서 출생했다. 원래의 성은 발사(Balssa)이지만, 아버지 때부터 귀족처럼 드 발자크라는 성을 갖게 되었다. 어머니는 파리의 상인 집안 출신이었고 아버지는 농민 출신이었는데, 프랑스혁명 시대의 혼란기를 틈타 관리로 출세했으며, 투르는 그 임지(任地)였다. 발자크의 어린 시절은 나폴레옹이 전 유럽에 군림하던 무렵이었다. 발자크가 16세에 이르렀을 때 나폴레옹은 이미 권좌에서 물러나 있었지만 발자크는 계속 나폴레옹을 숭배했다. 그는 내심 나폴레옹이 칼로써 이룩하지 못한 것을 펜으로 이룩하겠다는 뜻을 가지고 있었다. 발자크는 17세 되던 해 가을부터 아버지의 권유에 따라 소르본대학에서 법률을 공부하는 한편, 변호사와 공증인(公證人) 사무소에서 법률실무를 3년간 배웠다.

그러나 그의 야심은 문학자가 되는 것이었다. 그는 졸업 직전에 대학을 중퇴하고 초라한 변두리 다락방에 틀어박혀 습작생활로 들어갔다. 그는 운문 비극도 쓰고 10여 편의 장편도 썼다. 또한 인쇄 · 출판 · 활자주조에도 손을 대었으나 크게 실패했다. 이러한 역경에도 그를 위로하고 격려해준 사람은 20여 세나 연상인 헌신적인 애인 베르니 부인이었다. 소설 『골짜기의 백합(Le Lys dans la Vallée)』(1835)은 베르니 부인과의 애정을 소재로 쓴 서정적 작품이다. 베르니 부인이 죽은 후, 그는 폴란드의 귀족 한스카 부인이 발자크의 남은 반생을 지배했으며, 그는 죽기 직전에 그녀와 결혼했다.

1829년에 소설 『올빼미 당원(Les Chouans)』으로 문단에 첫 걸음을 내디딘 그는 이어서 왕성한 소설 집필에 들어간다. 왕성하다 못해 과도할 정도였다. 그는 매일 자정부터 열 시간 이상 집필에 몰두했다. 그런 후 오전에는 출판사와 채권자들의 독촉을 처리하고 몰아닥치는 교정지를 수정하며 보냈다. 그런 후

점심을 먹고 원고 교정 작업을 했으며 저녁에만 외식을 하고 사람을 만났다. 그리고 아주 짧게 잠을 잤으며 12시가 되면 다시 집필에 몰두했다. 매일 반복되는 과도한 노동에 그의 몸도 차츰 쇠진되어 갔으며 1850년 8월 18일 51세를 일기로 세상과 하직한다. 그는 결혼하던 바로 그해 3월, 15년간 그의 후원자인 동시에 애인이었던 한스카 부인과 우크라이나에서 결혼식을 올렸다. 둘은 부부가 되어 5월 파리로 돌아왔지만 그는 8월 18일 위고의 방문을 받고 몇 시간 뒤에 사망한다.

고리오 영감

생각하는 힘: 진형준 교수의 세계문학컬렉션 21

| 펴낸날 | **초판 1쇄 2018년 2월 1일** |
| | **초판 2쇄 2022년 7월 8일** |

지은이	**오노레 드 발자크**
옮긴이	**진형준**
펴낸이	**심만수**
펴낸곳	**(주)살림출판사**
출판등록	**1989년 11월 1일 제9-210호**

주소	**경기도 파주시 광인사길 30**
전화	**031-955-1350** 팩스 **031-624-1356**
홈페이지	**http://www.sallimbooks.com**
이메일	**book@sallimbooks.com**

| ISBN | **978-89-522-3817-7 04800** |
| | **978-89-522-3842-9 04800 (세트)** |

※ 값은 뒤표지에 있습니다.
※ 잘못 만들어진 책은 구입하신 서점에서 바꾸어 드립니다.